On Writing

유도라 웰티의 소설작법

: 작가처럼 읽기, 작가처럼 쓰기

유도라 웰티 지음
신지현 옮김

xbooks

목차

일러두기

1 이 책은 Eudora Welty, *On Writing*, Modern Library, 2002를 완역한 것입니다.
2 외래어 표기는 원칙적으로 국립국어원의 〈외래어 표기법〉을 따랐습니다.
3 본문의 모든 주는 옮긴이의 것입니다.
4 본문에서 언급된 책들의 서지정보는 〈참고문헌〉에 있습니다.

들어가며 | 리처드 바우시

최근 어느 저녁, 나는 워싱턴 D.C.의 폴저 셰익스피어 도서관 건너편에 있는 영국 성공회 교회에 갔었다. 10월 말이라 공기가 상쾌하고 큰길가의 가로수는 단풍으로 물들어 있었다. 나는 펜/포크너 이사회 자격으로 그 교회에서 열린 행사에 참석했는데, 전혀 종교적인 행사가 아니었음에도 불구하고 그곳에는 분명 숭고한 분위기가 감돌고 있었다. 그날 저녁, 68세의 작가 유도라 웰티가 자신의 소설을 낭독할 예정이었기 때문이다.

그런 행사에 으레 빠지지 않는 만찬 자리에서 웰티는 한 마을 도서관 사서가 그녀에게 소설 낭독을 부탁했던 일을 이야기했다. 사서는 "작가님 소설을 작가님 목소리로 직접 듣고 싶어요"라고 말했다고 했다. 나는 이야기를 하는 웰티의 눈이 빛나는 것을 보았고, 그녀의 목소리에서 그녀가 사서의 부탁을 꽤 진지하게 받아들였다는 것을 감지했다. 웰티는 사서를 그저 낭독회 청중으로만 생각하지 않았다. 그녀는 마치 어린 아이에게서 발견한 달콤한 순수함을 이야기하듯 좋아했다. 아니, 이마저도 그녀가 얼마나 좋아했는지 표현하기에는 부족한 것 같다. 차라리 그녀가 반색했다고 하는 게 좋을지도 모르겠다. 그녀의 태도에는 언제나 외향적이고, 인간의 결점을 기꺼워하는 무언가가 있었는데, 그 무언가란 딱히 말로 설명할 수 없지만 느낌으로 알 수 있는 그런 것이었다.

지난 1991년, 나는 남부작가협회 오찬모임에서 웰티의 옆자리에 앉게 된 적이 있었다. 내가 앞에 놓인 닭 요리를 먹으려고 포크를 막 찔러 넣은 순간 누군가 기도를 시작했다. 주위를 둘러보자 그곳의 모든 사람들이, 심지어 내가 무교로 알고 있는 사람들조차 고개를 숙이고 두 손을 모아 함께 기도하기 시작했다. 나는 닭에서 포크를 빼려 했지만 포크는 움직이지 않았고, 어쩔 수 없이 기도가 끝날 때까지 고개를 숙이고 기다렸다. 기도가 다 끝나자 웰티가 내 쪽으로 몸을 숙이고 이렇게 말했다. "아마 죽은 지 좀 됐을 거예요." 그때 보았던 장난기 어린 웰티의 눈빛을 떠올리면 지금도 내 입가에는 미소가 돌곤 한다.

웰티의 「넓은 그물」 낭독회는 그 오찬 모임이 있은 지 몇 년 뒤였다. 그날 사람들이 얼마나 많이 모였는지 미처 의자에 앉지 못한 사람들은 예배당의 벽 쪽이나 뒷자리에 서 있었고, 가운데 통로와 단상으로 이어지는 무대 앞쪽 바닥에 자리를 깔고 앉은 사람들도 있었다. 단상 앞에는 책 한 권, 마이크, 물한 컵이 놓인 작은 탁자가 있었다. 몸이 무척 쇠약했던 웰티는 사람들의 부축을 받아 의자에 앉았다. 그녀는 자리에 앉아 마이크 위치를 고정했다. 마이크를 통해 그녀의 가냘프고 차분한 목소리, 남부 미시시피 주의 억양과 다정다감한 유머, 우아함, 그리고 무엇보다 선함이 담겨 있는 목소리가 그대로 전해졌다. 웰티는 의자에 편안히 앉아 그곳에 모인 청중들을 둘러보고, 미소 띤 얼굴로 고개를 살짝 끄덕이며 박수 소리가 잦아들기를 기다렸다. 그녀는 책을 펴고, 안경을 조절하고, 책 페이지를 바라보며 몇 초간 기다리다 낭독을 시작했다. 그녀가 책을 낭독하는 동안, 그곳에는 깊은 정적이 감돌았다. 기침은 물론 헛기침 소리 하나 없었다. 자리를 고쳐 앉는 사람, 책을 뒤적이는 사람, 가방을 만지작거리는 사람도 없었다. 모두들 웰티가 말하는 단어와 문장을 하나라도 놓칠세라 조용했다. 웰티의 목소리는 속삭임처럼 작고 가냘팠다. 청중들이 웃음을 터뜨리면 ── 그녀는 청중들이 언제 웃을지 정확히 알고 있었고, 겉으로 티를 내지는 않았지만 청중들의 웃는 모습을 보며 즐거워했다 ── 그녀는 다시 조용해질 때까지 차분히 기다렸다가, 마치 비밀을 털어놓는 친한 친구처럼 조용하고 따뜻한 톤의 목소리로 이야기를 다시 시작했다.

이 책에는 작가로서, 또 한 인간으로서 유도라 웰티가 지녔던 모든 덕목이 훌륭하게 망라되어 있다. 그녀가 지난 수십 년 동안 작가로 활동했던 문학예술 분야에 대한 깊은 지혜는 물론 현명한 삶의 지혜도 풍부하게 담겨 있다. 글쓰기의 예술에 직접 몸담았던 작가 웰티가 자신의 글쓰기 기술을 상세히 설명한 이『유도라 웰티의 소설작법』은 특히 문학도들에게 많은 도움이 될 것이라 생각한다. 물론 삶의 지혜에 관심이 있는 사람이라면 누구나 이 책을 즐겁게 읽을 수 있을 것이다. 그녀는 소설의 장소에 대해 다음과 같이 이야기했다.

살다 보면 우리가 태어난 고향보다 왠지 모르게 더 친숙하게 느껴지는 제2의 고향을 발견할 수도 있다. 하지만 우리와 우리가 태어난 고향의 관계는 혈연관계다.

이는 소설의 장소에 대한 이야기지만, 웰티는 미학적 개념과 별개의, 또는 그 미학적 개념의 연장선상에 있는 또 다른 지혜를 전한다.

이처럼 『유도라 웰티의 소설작법』은 글쓰기에 대한 책이지만, 동시에 일반적인 대중의 흥미도 충족한다. 물론 이 책은 앞으로 젊은 작가들이 손에서 놓지 않는 교본이 될 것이다. 작가라면 마땅히 이 책을 가까이해야 할 것이다.

웰티는 소설의 형식과 이러한 문제들이 실제 작품에 어떻게 드러나는지 논하기 위해 그녀 자신이 방대한 독서를 통해 접한 위대한 작가들의 작품과 자기 자신의 작품을 예시로 들고 있다. 이 책의 각 장은 단편소설 글쓰기, 소설의 분석, 소설에 등장하는 장소, 소설의 세계를 구성하는 단어에 대한 그녀의 수필로 구성되어 있다. 이 책에 등장하는 모든 수필은 독자와 작가로서 유도라 웰티의 생각과 영혼을 엿볼 수 있는 창문과도 같다. 그녀가 버지니아 울프, D. H. 로렌스, 안톤 체호프에 대해 이야기한 다음 대목을 살펴보자.

> 잘 알려진 바와 같이 버지니아 울프의 작품에서도 감각은 몹시 중요하다. 단, 그녀는 성에 대한 감각은 비판적이었다. 독자들이 울프의 글쓰기를 아름답고 혁신적이라고 느끼는 이유는 그녀의 글 속에 표현된 삶이 그녀에게 감각의 문제인 동시에 지성의 문제였기 때문이다. 울프는 자신의 감각을 지적으로 사용하고, 로렌스는 (그의 글쓰기를 너무 쉽게 말하는 게 아니라면) 자신의 지성을 감각적으로 사용한다. 체호프는 차분하게 등장인물을 형성해 나가는 반면, 로렌스는 적극적으로 등장인물을 해체한다. […] 체호프의 소설은 그 무엇도 떨쳐내지 않고 삶을 있는 그대로 설명한다.

그러나 위에서 언급했던 것처럼, 이 책은 문학 비평 이상의 것을 이야기하고 있다. 민권 운동이 한창이던 1960년대 중반에 발표된 수필 「소설가와 비평의 의무」는 새롭고 열정적인 관점에서 진실을 이야기한다. 그녀는 이 글을 통해 당시 시대의 악(惡)을 냉정과 연민의 시각에서 비판했다.

나는 이것이 감정적인 증오라고 생각한다. [⋯] 최악의 문제는 우리가 이런 상황에 꼼짝없이 갇혀 있다는 사실이다. 우리는 달콤한 꿀이 아닌 치명적인 독에 끈끈하게 달라붙은 파리와도 같다. 우리를 옭아매는 감정은 사랑이 아니라 증오다. 글쓰기에 있어, 다시 말해 삶에 있어 증오는 파괴적인 감정이다. 증오는 우리를 죽게 만들 수도 있다.

웰티는 소설가에게 사회를 비판해야 할 의무가 있다는 세간의 믿음에 대해 이야기했다.

[⋯] 개혁에 대한 열정은 비평가에게는 좋은 영감이 될지언정 소설가에게는 아무런 도움이 되지 않는다. 단, 풍자시나 풍자극 같은 풍자 장르에서는 예외적으로 풍자의 효과를 극대화할 수 있다. 그러나 대개 순수하고 자존심 많은 열정은 소설가에게 오히려 거추장스러운 짐이 될 뿐이다. 올바른 열정만으로는 소설 쓰기가 충분치 않다니 이 얼마나 불공평한 일인지! 하지만 올바른 열정만 있다고 그림을 잘 그리거나 노래를 잘 부를 수 없듯 좋은 소설을 쓰기 위해서도 그 이상의 것이 필요하다.

웰티의 비평에서 가장 두드러지는 요소는 양식(良識)이다. 그리고 소위 포스트모던 시대로 불리는, 내가 어디에선가 '포스트 분별력의 시대'라고 이야기했던 요즘 시대의 비평에 흔히 결핍된 요소도 바로 양식이다. 요즘처럼 과도하게 정치적인 시대를 사는 소설가들은 사회 비평이라는 기대를 짊어진다. 어느 누구도 이런 기대를 입 밖에 내지는 않았지만, 소설가들이 더 나은 인간을 양성해야 하고, 사회악을 개선하며, 오래 묵은 사회적 폐해를 바로잡아야 한다는 아주 뚜렷한 기대가 존재하는 것이다. 사람들은 허구의 소설을 소설의 정치적 실용성, 즉 소설이 얼마나 도덕적으로 분노하느냐의 관점에서 판단한다. 어떤 교수들은 세상만사가 다 정치고, 소설가에게는 다양한 사회적 부당함을 폭로할 도덕적 의무가 있다고 이야기한다. 이런 생각을 갖고 있는 사람들은 마치 이단을 사냥하듯 자기들 기준에서 과거의 소설가들을 재평가하고 평가절하한다. 가령 이들이 이야기하는 기준에 따르면 조지프 콘래드는 제국주의자, 윌리엄 포크너는 인종차별주의자다.

독자들은 이 작은 책을 통해 오늘날 비평에 만연한 문제들을 엿볼 수 있다. 웰티의 오랜 친구이자 동료인 윌리엄 맥스웰의 표현을 빌리면, 유도라 웰티의 마음은 모든 창문과 방문이 활짝 열린 사랑스러운 오두막집을 닮았다. "아름다움은 어떤 결과를 얻기 위한 수단이나 방법이 아니다. 아름다움은 결과이며, 질서, 형태, 자취의 영역에 속하는 것이다." 웰티는 이점을 탁월하게 상기시켜 준다.

「넓은 그물」 낭독회가 열렸던 어느 10월 저녁, 나는 잠시 동안 이런 생각을 했다. 진정한 문명이란 도시를 만들고, 기념비를 세우고, 국가를 운영하고, 정치를 하는 게 아니라 바로 이런 모습이 아닐까. 그 모습이란 바로 남들의 부축 없이 홀로 일어설 수 없을 만큼 연약한 여성이 천 명에 가까운 청중들의 눈과 귀를 사로잡고 그녀의 예술, 그녀의 존재, 그녀의 상상이 지닌 힘으로 그 모든 사람들을 침묵 속에서 하나로 만든 광경이었다.

리처드 바우시(Richard Bausch)는 미국예술기금(NEA), 구겐하임 펠로십, 남부작가 힐스데일상 등을 수상한 작가로, 장편소설 『나를 다시 데려가줘』(Take Me Back, 1982)와 단편모음집 『영혼들과 다른 이야기들』(Spirits and Other Stories, 1987)로 펜/포크너상 후보에 올랐다. 2009년엔 『평화』(Peace, 2008)로 데이튼문예평화상을 수상했다.

케네스 밀러에게

"상상력이 존재하는 한
글쓰기는 규칙이 아니다."

단편소설의 이해

단편소설을 이해하려면 독자와 작가의 관점을 함께 고려해야
한다. 그도 그럴 것이, 이야기란 원래 음유시인의 노래와 동화
에서 유래한 것으로 청중들 ── 그리고 심사위원들 ── 을 둥
글게 모아 놓고 말하는 행위에서 시작되었기 때문이다.
E. M. 포스터는 『소설의 이해』에서 내러티브의 위대한 시대에
대해 다음과 같이 설명하고 있다.

  네안데르탈인들은 이야기를 들었다. 이는 그들의 두개골 모

양을 보면 알 수 있는 사실이다. 원시 시대의 청중들은 머리를 헝클어뜨린 채 입을 다물고 모닥불 주위에 모여 앉아 이야기를 들었다. 이들은 매머드나 털북숭이 코뿔소 사냥으로 이미 지쳐 있었기 때문에, 긴장감 있는 이야기가 아니면 듣다 잠들어 버리기 일쑤였다. 다음에는 무슨 일이 일어날까? 이야기꾼은 이야기를 계속했다. 다음에 무슨 일이 일어날지 쉽게 추측할 수 있게 되면, 청중들은 잠들어 버리거나 이야기꾼을 죽여 버렸다.

이야기의 긴장감은 지금도 여전히 중요한 요소지만, 과거와 달라진 점이 있다면 오늘날은 독자와 작가가 그 긴장감을 함께 공유하고 경험한다는 사실이다. 긴장감은 독자와 작가가 가장 핵심적으로 공유하는 '즐거움'의 일부이다. 또, 긴장감은 강렬하고 자연스러운 호기심의 일부이다. 이야기가 어떻게 진행될까 하는 독자의 호기심은 시시각각 변화하고, 이야기를 어떻게 진행할까 하는 작가의 호기심은 극도로 강렬하다. 작가가 스스로의 호기심을 충족시킬 수 있는 유일한 방법은 글을 쓰는 것이다. 글을 쓰는 것과 이야기를 하는 것은 이래서 서로 다른 것이다! 긴장감, 즐거움, 호기심은 글을 쓰는 과정에 없어서는 안 될 요소들이다.

포스터는 네안데르탈인들의 내러티브와 예술적인 글쓰기 기법인 플롯이 갖는 차이점에 대해 설명한다. "왕이 죽자 왕비도 죽었다"는 내러티브 전달이다. 반면, "왕이 죽자 슬픔에 빠진 왕비도 죽었다"는 플롯이다. 예전에는 '다음에 무슨 일이 일어날까?'를 궁금해했다면, 이제는 '왜 그런 일이 일어났을까?'를 궁금해하게 된 것이다. 물론, 내러티브와 플롯 모두 '어떤 일'에서 출발해 이야기(또는 작가가 상상할 수 있는 모든 이야기)가 전개된다는 점은 동일하다.

단편 하나를 예로 들어 보자.

옐로 스카이의 치안관인 잭 포터는 샌안토니오에서 한 소녀와 결혼식을 올린 뒤 신부와 함께 풀먼 특급열차를 타고 옐로 스카이로 돌아가고 있다. 그는 고향사람들이 자신의 결혼 소식을 듣고 깜짝 놀랄 것이라 생각한다. 그가 기차를 타고 옐로 스카이로 향하는 바로 그때, 옐로 스카이에서는 술에 잔뜩 취한 스크래치 윌슨이 행패를 부리고 있다. 마을 사람들은 숨을 곳을 찾아 도망친다. "그가 신은 장화의 윗부분에는 겨울에 뉴잉글랜드 산비탈에서 썰매를 즐기는 어린아이들이 좋아할 법한 금박 각인이 새겨진 붉은 덮개가 있었다. …… 들리는 소리라고는 싸움을 거는 그의 외침뿐이었다. …… 그는 가장 친한 친구 집 창문에 대고 거리낌 없이 총을 쏘아댔다. 그는 이 마을과 장난을 치는 중이었다. 그에게 이 마을은 장난감과도 같았다." 기차는 옐로 스카이에 도착하고, 스크래치 윌슨과 잭 포터는 정면으로 맞선다. 잭 포터는 이렇게 말한다. "나는 총이 없어, 스크래치." 그는 결혼식을 올린 바로 그날, 총에 맞아 죽을 수도 있다는 마음의 준비를 한다. "총이 없다니, 왜 총을 가지고 다니지 않지?" "나는 신부를 데리고 샌안토니오에서 오는 길일세, 난 결혼했다네." "결혼했다고? 결혼했다고? …… 그럼 이 여자가 신부인가?" "그래, 바로 내 아내야." "'그렇다면 이제 모든 일은 끝났군.' 윌슨은 마침내 천천히 말을 꺼냈다. 그는 결코 기사도를 겸비한 사람은 아니었다. 다만 이 낯선 상황에 부딪히자 그 옛날 초원의 순진한 어린이가 되어 버린 것이다." 그는 오른쪽을 향해 있는 권총을 집어 들고 두 개의 권총을 권총집에 넣은 뒤 떠난다.

스티븐 크레인의 단편소설 「옐로 스카이의 신부」에는 이처럼 궁지에 몰린 사람들, 잭 포터와 스크래치 윌슨이 등장한다. 그들은 마치 자석에 이끌리듯 서로 만나고 대립한다. 그 중 한 명은 어이없게 꽁무니를 빼고 사라진다. (스크래치는 "묵직한 모래 속에 깔때기 모양의 발자국만 남긴 채" 사라진다.) 두 가지 상황이 시소처럼 공존하는 이 이야기는 희극의 가장 단순한 형태로, 독자들에게 마치 시소를 타는 듯한 즐거움을 준다. 스크래치 윌슨이 마을과 장난을 치듯, 크레인도 독자들과 장난을 친다.

캐서린 맨스필드의 「미스 브릴」은 한 명의 주인공과 한 가지 상황을 다룬다. 미스 브릴은 대부분 앉아 있는 모습으로 묘사된다. 그녀는 공원에 앉아 있다 집으로 돌아와 침대 위에 다시 앉는다. 이 과정에는 어떠한 충돌도 없다. 이야기 후반부에 그녀와 공원에서 마주치는 사람들이 있지만 그들은 그녀를 그저 지나칠 뿐이다. 그러나 아무런 충돌이 없었음에도 불구하고 중대한 변화가 찾아오는데, 이는 비록 겉으로 보이는 상황은 단순해도 그 이면에 거대하고 복잡한 상황이 내포되어 있다는 의미다. 말하자면, 「미스 브릴」에서는 삶 자체가 곧 스크래치 윌슨이다. 미스 브릴의 삶은 평화로운 삶, 일요일 오후 파리의 한 공원을 거니는 삶이다. 지금까지 그녀의 삶에는 공원 산책 이외의 큰 사건이 없었지만, 삶이 원래 그러하듯 가혹한 순간이 찾아온다. 미스 브릴은 자기를 험담하는 말을 듣는 것이 권총을 마주하는 것보다 훨씬 더 끔찍하다. 그녀는 아름다운 공원에서 현실에 조롱당하지만, 이런 현실을 견뎌 낼 만큼 강하지 못하다. 순진하다 못해 세상 사람들을 측은하게 생각하는 미스 브릴은 (독자들은 이런 그녀를 보고 측은함을 느낀다) 결국 자리를 피한다. 사람들의 이야기를 들은 미스 브릴은 마음에 상처를 입고 공원을 떠나고, 그녀가 이렇게 순순히 패배하는 모습은 권총을 두 개나 들고도 순순히 도망쳐 버리는 스크래치 윌슨의 우스꽝스러움과 비슷한 면이 있다. 하지만 미스 브릴은 애초부터 자기방어 능력이 전혀 없는, 패배가 예정된 인물이었다. 그녀의 패배는 스크래치 윌슨의 패배보다 더 큰 타격을 남겨 그녀에게 영원한 상처가 될 것이다. 곧 「미스 브릴」은 단순한 상황이 아니라 단순한 상황이 남기는 인상을 이야기하는 소설이며, 그런 인상을 이야기함으로써 더 많은 것을 전달한다.

이야기의 뼈대인 플롯 관점에서 보면 두 단편의 플롯이 상당히 유사함을 알 수 있다. 차이가 있다면 「옐로 스카이의 신부」의 플롯은 직선적이고, 「미스 브릴」의 플롯은 흥미로운 변형을 보여 준다는 것뿐이다. 이런 플롯은 대개 두 가지 상황, 두 가지 이야기, 대립되는 두 등장인물, 두 가지 심정과 감정을 병렬적으로 보여 준다. 한 가지 상황이 반복해서 되풀이되는 이야기도 같은 유형이다. 거의 대부분의 이야기에서 다뤄지는 삶과 죽음의 대비도 이런 플롯 가운데 하나다.

소설을 포함한 대부분의 이야기는 탐구의 여정이라는 플롯을 다룬다. 그러나 어떤 플롯이 보편적인 삶의 모습이라거나, 어떤 플롯이 윌리엄 포크너의 「곰」, 헨리 제임스의 「밝은 모퉁이의 집」, 어니스트 헤밍웨이의 「프랜시스 매코머의 짧고 행복한 생애」, 제임스 조이스의 「애러비」에 공통적이라는 말 자체는 크게 시사하는 바가 없다.

고로 우리는 플롯을, 이야기의 뼈대가 아닌 이야기의 몸통으로 이해해야 한다. 이는 플롯이 작은 세계가 구체화된 모습이기 때문이다. 아니면 이렇게 이해해 보자. 플롯은 그 자체가 하나의 작은 세계이며, 그 작은 세계가 우리 독자들의 눈앞에 펼쳐진 모습이라고 말이다.

「미스 브릴」은 이야기의 뚜렷한 윤곽이 잘 드러나지 않고 무언가에 가려져 있다는 인상을 준다. 이는 이야기가 분위기에 감싸져 있기 때문이다. 언뜻 보면 무엇을 이야기하려는 것인지 모호하지만, 사실 이 분위기는 이야기의 진짜 형태를 빛나게 만든다.

우리가 기억해야 할 점은 어떤 이야기의 핵심이 '분위기'일

수도 있다는 것, 뿐만 아니라 그 분위기가 이야기 이면에 있는 것과는 정반대의 첫인상을 줄 수도 있다는 것이다. 아래 언급 하게 될 단편소설들처럼, 어떤 이야기에는 황홀할 정도로 밝고 눈부신 분위기가 있다. 그러나 그 분위기를 한 꺼풀 걷어 내고 나면 총천연색으로만 보였던 세상의 어두운 내면이 드러난다. 어니스트 헤밍웨이의 단편소설이 바로 그러한 사례이다.

이야기는 행동하고, 움직이며 나아간다. 어떤 이야기들은 별똥별처럼 긴 꼬리를 남겨서 이야기가 다 끝나고 한참 뒤에 독자들이 그 흔적을 발견하고 이야기의 진짜 의미를 파악한다. 반면 포크너의 이야기는 별똥별이라기보다 일정한 주기에 따라 나타나고 사라지는 혜성에 가깝다. 이런 이야기들은 혜성처럼 때맞춰 등장하면서 그 의미를 반복하고 이야기 전체를 통해 한 번의 등장이 의미하는 중요성 이상의 것을 보여 준다.

헤밍웨이의 글쓰기가 꾸밈없고 간결하며, 수식어와 군더더기 단어가 적고, 동사가 평이하고, 이야기 자체도 평이하다고 생각했다면 별똥별과 혜성의 관점에서 다시 한 번 생각해 보자. D. H. 로렌스 소설의 분위기는 순수하지만 농밀한 감각으로 만들어져 있으며, 작가의 의도가 무엇인지 스스로 드러내 보여 준다. 반면 헤밍웨이 소설은 농밀한 분위기 탓에 그 속에서 작가의 의도를 파악하기 더 어려울 때가 있다. 행동을 해석하기는 감각을 해석하는 것보다 더 어려울 수 있다. 행동은 감각보다 더 육감적일 수도 있고, 더 자욱할 수도 있으며, 그 의미를 더 필사적으로 감출 때도 있다.

헤밍웨이의 초기 단편 「인디언 캠프」는 주인공 닉이 의사인 아버지와 함께 몸이 아픈 인디언 여자를 찾아가는 이야기다. 닉의 아버지는 산고에 몸부림치는 여자를 마취제도 없이 수술한다. 여자가 누워 있는 간이침대 위층에는 발을 다친 여자의 남편이 누워 있다. 수술이 끝나 아이가 태어난 뒤, 여자의 남편은 목을 그어 자살한 모습으로 발견된다. 그는 아내의 고통을 두고 볼 수 없었던 것이다. 닉은 이렇게 묻는다. "죽는 건 힘든가요, 아버지?" 아버지는 대답한다. "아니, 아주 쉬울 거야."

이야기가 여전히 총천연색 세계로 보이는가? 나에겐 깜깜한 밤처럼 어두운 느낌이다. 정확히 말하면, 아무것도 안 보이는 어둠이라기보다는 불투명한 어둠이다. 행동은 그 의미를 분명하게 드러낼 수 있지만, 행동주의 작가인 헤밍웨이는 그렇게 하지 않는다. 이 이야기가 불투명한 것은 헤밍웨이가 교훈적 메시지를 전달하기 위해 의도적으로 그렇게 만들었기 때문이다. 헤밍웨이는 이 세상이 위험과 공포로 가득하다고 이야기하며, 이런 세상을 살아가는 유일한 방법은 용감하게 의식을 따르는 것이라고 말한다. 그래서 행동은 감성보다 더 분명하고 민첩하게 현실과 마주할 수 있다. 우리의 적대적인 행동에는, 알 수 없고 겉으로 드러나지 않는 마음이 있다.

그럼에도 불구하고 이것이 전부는 아니다. 헤밍웨이가 진짜 보여 주려는 것은 무엇일까? 빛과 어두움을 통해 인간의 행동과 도덕을 극적으로 표현한 프란시스코 고야의 투우장 그림을 보면, 길게 뻗은 대각선의 그림자를 경계로 투우장과 열광적인 관중들의 모습이 나뉘어져 있다(황금색의 밝은 빛이 어둠을 밀어낸 모습으로 해석하지 않는다면 말이다). 즉 투우장의 절반은 밝은 곳에, 나머지 절반은 짙은 어둠 속에 감춰져 있다. 헤밍웨이의 플롯도 이와 마찬가지다. 이러한 대조 덕분에 헤밍웨이의 이야기는 보다 살아난다.

헤밍웨이의 유명한 대화기법 역시 무언가 둘로 단절되었다는 것이 핵심이다. 등장인물들의 대화는 어긋나고, 가로막히고, 그들 사이에 그림자가 드리운다. 오직 노련한 작가만이 구사할 수 있는 이러한 대화기법은 작가의 의도를 감추는 동시에 겉으로 드러내 보이며, 독자들로 하여금 인물들 사이의 대화가 막혀 있음을 깨닫도록 한다.

헤밍웨이의 이야기는 그 자체가 투명하거나 환하지는 않지만, 도덕이라는 곳에서 나온 한 줄기 빛이 그의 이야기를 밖에서 비추고 있다. 그 빛의 정체는 스포트라이트(spotlight)다. 헤밍웨이의 이야기는 마치 무대 위에서 연극이 진행되듯 현재 진행형으로 전개된다. 이야기의 등장인물에게 과거나 미래는 존재하지 않는다. 그들은 오로지 스포트라이트 안에서만 존재한다.

많은 이야기가 공통적인 플롯을 갖고 있다는 것은 많은 사람들이 푸른 눈을 갖고 있다는 사실만큼이나 별 의미가 없다. 플롯은 작가가 바라보는 현실, 독자가 이야기를 통해 바라보는 현실이다. 플롯은 '왜?'를 탐구한다. 바다 깊이 들어가면 들어갈수록 큰 물고기가 나타나듯, 플롯은 이야기를 다양한 깊이로 파고들며 '왜?'라는 질문에 답한다. 안톤 체호프의 단편을 예로 들어 보자. 그의 단편소설에는 겉으로 보이는 것보다 알고 보면 훨씬 큰 물고기가 등장한다. (이는 단편소설이라

가능한 것이며, 장편소설에는 불가능한 특징이다.) 체호프는 이야기 속 등장인물들의 현실이 무엇인지 우리에게 보여 준다. 그들이 모든 현실을 다 보여 줄 수 있다는 가능성은 사실 가상의 인물과 현실 속 우리들의 가장 큰 차이점이다. 그럼에도 불구하고 그들과 우리 사이에 별 차이가 없어 **보이는** 건 꽤 신기하지 않은가? 소설 속 등장인물들이 매우 중요한 이유가 바로 이것이다. 플롯에 나타나는 등장인물들의 역할은 무궁무진한 이야기가 담겨 있는 우리의 비밀스럽고 심오한 삶을 보여 주는 것이다. 그들에게 일어나는 사건은 그들이 이야기에 등장하는 이유다.

체호프의 「귀여운 여인」을 보면, 귀여운 여인의 첫 남편이자 극장 지배인이 일찍 죽는데 그 이유는 귀여운 여인이 수동적으로 굴기 때문이다. 이는 소설이니까 가능한 인과관계다. 현실에서라면 이 지배인은 건강하게 잘 살았을 것이다. 하지만 체호프의 이야기에서 그는 오로지 올렌카의 성격을 보여 주기 위해 등장했다 사라진다. 그가 등장하는 분량은 고작 한 페이지 반이 전부다. 그는 이야기의 정황상 불가피한 존재다. 애초에 그가 올렌카와 엮이는 이유도 그녀의 건넛방에 살기 때문이다.

올렌카는 조용히 진지한 표정으로 쿠킨이 하는 말을 들어 주었다. 가끔씩 그녀의 두 눈에 눈물이 맺힐 때도 있었다. 마침내 쿠킨의 불행이 그녀를 감동시킨 것이었다. 그녀는 그를 사랑하게 되었다. 쿠킨은 작은 키에 깡마른 남자로 얼굴은 노랗고, 관자놀이 위의 곱슬머리는 가지런했다. 그가 낮고 가는 목소리로 말할 때면 입술은 늘 한쪽으로 일그러졌고, 얼굴에는 절망감이 가득했다. 하지만 그는 그녀에게 깊고 진정한 사랑의 감정을 불러일으켰다. 그녀는 늘 누군가를 사랑했고, 사랑 없이는 살 수 없었다. 그녀는 어렸을 때 아버지를 사랑했다. 아버지는 지금 거친 숨을 몰아쉬며 어두컴컴한 방에서 투병하고 있었다. 그녀는 2년에 한 번 브랸스크에서 오는 숙모를 사랑했으며, 실업학교에 다닐 적에는 프랑스어 선생님을 사랑했었다. 그녀는 조용하고 상냥하고 정 많은 소녀였다. 그녀는 따뜻하고 부드러운 눈을 가졌고, 아주 건강했다. 장밋빛의 통통한 뺨, 거무스레한 점이 있는 흰 목덜미 그리고 그녀가 즐거운 이야기를 들을 때 얼굴에 보이는 친절하고 순진한 미소는 남자들에게 "좋아, 나쁘지 않군"이라는 생각을 불러일으켰다. 남자들은 그녀와 함께 미소를 지었고, 그녀와 대화를 나누던 여자들도 그녀의 팔을 붙잡고는 "당신은 참 귀엽군요!"라고 말할 수밖에 없었다.

쿠킨은 그녀에게 사랑을 고백하고, 둘은 결혼식을 올린다.

가까이서 그녀의 목과 풍만하고 건강한 어깨를 보게 된 그는 두 손을 번쩍 들고는 이렇게 말했다. "당신은 참 귀엽군요!" …… 그녀는 쿠킨이 극장과 배우들에 대해 말하는 것을 그대로 따라 했다. 그리고 그가 하듯 예술에 대한 대중의 무관심과 무지를 경멸했다. 그녀는 연습할 때도 나와서 배우들의 동작을 고쳐 주고, 악사들의 행동을 살피고, 지방 신문에 극장에 대해 좋지 않은 평이 실릴 때면 눈물을 흘리고, 기사를 바로잡기 위해 신문사 편집실로 달려가곤 했다.

쿠킨이 죽자 올렌카는 슬픔에 잠겨 이렇게 외친다. "내 소중한 바네치카, 우리는 왜 만난 걸까요! 내가 왜 당신을 알고 사랑한 걸까요! 불쌍하고 가련한 올렌카는 이제 당신 없이 홀로 남겨졌어요!"

이런 패턴은 조금씩 변형되는데, 우리는 이러한 변형이 플롯으로서 등장인물에 대한 작가의 무한하고 미세한 인식에서 나온 것임을 이해하고, 각각의 변형이 갖는 차이가 무엇인지 확실히 인지하게 된다. 올렌카의 또 다른 이웃이자 목재상은 첫 남편의 장례식에서 돌아오는 올렌카를 집까지 바래다준다. 그 다음 일은 두말할 필요도 없다. 사흘 뒤 그는 올렌카를 찾아온다. "그는 10분 정도 앉아 있는 동안 말을 거의 하지 않았지만 올렌카는 그를 금세 사랑하게 되었다. 그녀는 그날 밤 오한이라도 걸린 것처럼 그를 사랑하게 되었다."

올렌카와 목재상 푸스토발로프는 결혼식을 올리고 행복하게 지낸다.

"나무 값이 해마다 20퍼센트씩 오르고 있답니다." 그녀는 고객과 주변 친구들에게 이렇게 말하곤 했다. ……. "또 운송료는 얼마나 드는 줄 아세요?" 그녀는 엄청나다는 듯 표정을 지으며 두 손으로 뺨을 감싸고 이렇게 말했다. 그녀는 자기 스스로를 꽤 오래 전부터 나무를 팔아 온 사람처럼 느꼈다. 마치 인생에서 가장 중요한 것, 꼭 필요한 것이 목재인 것 같았다. '각재'나 '기둥', '버팀목', '널빤지', '합판' 같은 단어들이 친숙하고 감동적이게 들렸다.

올렌카는 꿈속에서도 "한가득 쌓인 널빤지와 합판"을 보고 목재를 실어 나르며, 꿈을 꾸다 소리를 지르기도 한다. 그럴 때면 푸스토발로프는 다정한 목소리로 "내 사랑 올렌카, 왜 그래? 어서 성호를 그어!"라고 말한다. 그러나 어느 날 이 목재상은 모자를 쓰지 않고 목재 저장고에 갔다가 감기에 걸려 죽고 만다. 올렌카는 또 과부 신세가 된다. "나는 혼자가 됐어요. 여보, 나를 버리고 어디로 갔어요?" 그녀는 장례식을 마치고 흐느끼면서 말한다. "당신 없이 난 이제 어떻게 살아가야 하나요?"

그녀의 옆에 수의사가 나타나지만, 그는 곧 시베리아로 떠난다. 하지만 플롯은 반복 없이 전개된다. 누군가 곁에 있기만 하면 사랑에 빠져 버리는 올렌카에게 드디어 마지막 사랑이 나타나고, 우리는 그녀의 사랑에서 진정한 모성애를 발견한다. 그것은 자기 자신의 형체도, 생각도 없고 누구도 탓하지 않는 극도로 자연스럽고 순수한 **포용**이다. 진정한 순수함은 이해를 필요로 하지 않는다. 사랑으로 맺어진 관계라 하더라도 맹목적이고 현실을 초월한 사랑은 오로지 모성애만이 가능하다. 마지막에 등장하는 일련의 단순한 에피소드는 체호프의 의도를 꾸밈없이 솔직하게 보여 준다. 타인을 그대로 모방하고, 주체적인 생각과 목적이 없으며, 마치 햇빛이 모든 땅을 비추고 비가 모든 땅을 적시듯 모든 것을 사랑하고, 모방할 대상이 없으면 삶의 의욕을 잃는 모습이 올렌카의 본질인 것이다.

올렌카는 마지막 사랑을 앞두고 완전히 홀로인 모습으로 묘사된다.

그녀는 핼쑥해지고 매력도 잃어버렸다. 사람들은 전과 다르게 거리에서 그녀를 만나도 미소를 건네지 않았다. 단연코 그녀의 좋은 시절은 지나가 버렸다. 차마 상상조차 하지 못했던 새롭고 낯선 삶이 시작되었다. …… 하지만 제일 심각한 일은 그녀가 더 이상 자신의 주관을 가지고 있지 않다는 사실이었다. 그녀는 자기 주위에 있는 대상들을 보고 주위에서 보는 모든 것들을 이해했지만, 그 무엇에 대해서 자신의 의견을 내보이거나 어떤 것에 대해 무슨 이야기를 해야 할지 몰랐다. 어떤 것에 대한 자신의 견해가 없다는 것은 얼마나 끔찍한가! 그녀는 자기 자신의 존재를, 그녀의 모든 영혼과 이성을 사로잡을 수 있고 그녀에게 삶에 대한 생각과 목적을 제시해 줄 수 있으며, 그녀의 늙은 피를 따뜻하게 해줄 그런 사랑을 원했다.

올렌카의 마지막 사랑은 전 남편이었던 수의사의 열 살배기 아들 사샤이다. 아버지와 함께 시베리아에서 돌아온 사샤는 올렌카에게 예상치 못한 기쁨을 준다. 수의사에게는 재혼한 아내가 있지만, 올렌카는 더 이상 이를 신경 쓰지 않는다. "올렌카는 양손을 허리춤에 걸친 채 마당을 이리저리 거닐며 이것저것 지시했다. 예전처럼 미소로 빛나기 시작한 그녀는 마치 긴 잠을 자고 일어난 것처럼 활기가 흘러넘쳤고 얼굴빛도 좋아졌다." "사방이 물로 둘러싸인 육지의 일부를 섬이라 부른다." 사샤가 큰 소리로 읽었다. "'육지의 일부를 섬이라 부른다.' 그것은 그녀가 그 오랜 세월이 지나는 동안 가졌던 침묵과 공허함 이후 확신을 가지고 말한 첫 번째 의견이었다." 그녀는 사샤가 그만 집으로 돌아가라고 말할 때까지 사샤가 학교 가는 길을 배웅한다. 그녀는 행복한 기분으로 사샤를 떠올리며 잠든다. "그녀는 옆방에서 곯아떨어진 사샤를 생각하며 침대로 돌아갔다. 소년은 꿈을 꾸는지 가끔씩 소리를 질렀다. '가만 안 둬! 저리 가! 조용히 해!'"

귀여운 여인은 그녀 **자체**가 이야기다. 다른 모든 것은 오직 그녀를 위해 존재한다. 다른 등장인물의 죽음과 퇴장은 예상 가능한 형식적 사건에 불과하다. 이야기는 사샤가 귀여운 여인에게 반항하는 장면으로 끝나지만, 그마저도 사실은 어린 사샤의 잠꼬대다. 체호프는 이 세상의 모든 귀여운 여인들에게도 반항은 언제나 겉으로 드러나지 않고 침묵에 그칠 것이라는 점을 명백히 하고 있다.

가장 순수한 플롯은 겉에서 보이는 내용과 그 이면에 숨겨진 내용이 일치하는 경우로, 이는 플롯의 내용과는 무관하다. 플롯이 진행되는 모습에서 그 플롯의 감정과 감정의 강약이 진행되는 모습을 발견할 수 있을 때, 그 플롯은 가장 유용한 플롯이다.

이제 다른 이야기를 살펴보자.

어느 날 저녁, 마치는 석양을 등지고 서서 머리를 틀어 올려 모자를 내려 쓰고 옆구리에 총을 끼고 서 있었다. 그녀는 절반은 주변을 감시하고, 나머지 절반은 생각에 잠긴 듯했다. 그녀는 언제나 같은 상태였다. 그녀의 눈초리는 예리하고 주의 깊어 보였으나 속마음은 눈앞에 있는 것을 아랑곳하지 않았다. 그녀는 입을 찌푸린 채 언제나 이처럼 이상하고 넋 나간 상태가 되었다. 그녀가 맑은 정신으로 깨어 있는지 아닌지도 의문이었다. …… 그녀는 무슨 생각을 하고 있었을까? 아무도 모를 일이었다. 실은, 그녀의 의식은 정지된 상태와 비슷했다.

그녀는 발아래를 내려다보았고, 바로 그 순간 여우를 보았다. 여우는 그녀를 올려다보고 있었다. 여우는 턱을 아래로 당긴 채 눈을 홉뜨고 그녀를 쳐다보고 있었다. 여우의 두 눈이 그녀의 눈과 마주쳤다. 여우는 그녀가 누군지 알고 있었다. 그녀는 여우에게 홀린 채, 여우가 자기를 알고 있다는 것을 깨달았다. 여우가 그녀의 눈을 빤히 쳐다보자 그녀의 영혼은 힘을 잃었다. 여우는 그녀를 알고 있었으므로 그녀를 보고 겁을 먹지 않았다.

그녀가 겨우 정신을 차리고 바라보니 여우는 땅 위에 떨어진 나뭇가지 위를 서서히, 그리고 느릿느릿 건방지게 뛰어넘어 저 멀리 사라지고 있었다. 여우는 어깨 너머로 힐끗 뒤를 돌아보고는 미끄러지듯 내달렸다. 그녀는 깃털처럼 부드럽게 일어선 여우의 꼬리와 하얗게 빛나는 엉덩이를 보았다. 그렇게 여우는 부드럽게, 마치 바람처럼 사라졌다.

D. H. 로렌스의 단편 「여우」는 시골에서 닭농장을 운영하는 마치와 밴포드 두 아가씨들의 이야기다. 이야기에는 여우

가 한 마리 등장한다. 여우의 약탈과 생계유지의 어려움으로 골머리를 잃는 그녀들 앞에, 어느 날 군에서 제대한 청년 헨리가 나타난다. 그는 마치와 밴포드가 사는 집이 과거에 자기 할아버지 집이었다고 주장한다. 농장에서 남자 역할을 하는 마치는 보초를 서면서 단 한 번도 여우를 총으로 맞히지 못한다. 마치의 표현을 빌리면, 그녀는 여우에게 "깊은 인상"을 받았다. 한편, 헨리는 다음과 같이 묘사된다.

그는 불그레하고 둥근 얼굴에 금발의 외모로, 그의 이마에는 땀에 젖은 긴 머리카락이 달라붙어 있었다. 그의 푸른 두 눈은 초롱초롱하고 날카로웠다. 불그레하고 생기 넘치는 그의 두 뺨과 얼굴 위에는 깃털 같은 솜털이 나 있었고, 보송보송한 금발의 솜털 덕분에 그의 외모는 빛이 나는 듯이 보였다. …… 그는 머리를 앞으로 숙이고 구부정하게 서 있었다. …… 그는 초롱초롱한 눈빛으로 세심하게 두 처녀를 바라보았고, 특히 두 눈을 휘둥그레 뜨고 창백하게 서 있는 마치를 유심히 쳐다보았다. 그녀는 아직 총을 들고 있었다. 그녀 뒤에는 소파 팔걸이를 움켜잡고 선 밴포드가 머리를 반쯤 돌린 채 움츠려 서 있었다.

처녀들은 자기 할아버지가 정말 그 집 주인이었다고 주장하는 헨리의 이야기를 확신할 수 없지만, 어쨌든 그에게 집에서 묵을 것을 권한다. 예상했던 바대로 헨리는 그녀들에게 계산적이고 계획적으로 접근한 것임이 드러난다. 그는 마치에게 청혼한다.

그는 자신의 의도를 스스로 인정하려 하지 않았다. 그는 자기 자신에게도 스스로의 의도를 비밀로 했다. …… 그는 부드럽게 접근해야만 했다. …… 숲으로 가서 사슴한테 이렇게 말하는 것은 아무 소용없는 일이었다. "제발 내 총을 맞고 쓰러져주세요." 그렇게 할 수는 없었다. 천천히, 그리고 은근히 싸움을 해야 했다. …… 사냥을 할 때는 무엇을 하느냐보다 어떻게 느끼느냐가 더 중요한 법이다. 은근하고 교활해야 하고, 모든 준비를 아주 철저하게 갖춰야만 한다. …… 그것은 보이지 않는 세계에서 벌어지는 은근하고 심오한 의지의 싸움이다. 그리고 총알이 목표물에 명중하기 전에는 결코 끝나지 않는 싸움이다. …… 총알이 목표물의 심장에 맞도록 하는 것은 사냥하는 사람의 의지이다. …… 그는 젊은 사냥꾼처럼 마치를 목표물로 삼고 그녀를 자신의 아내로 만들고자 했다.

마치는 이상한 꿈을 꾸고, 여우는 집 주변을 서성인다. 마치와 밴포드가 말다툼을 하며 서로 멀어지는 동안, 헨리는 집 주변을 서성이며 그의 의지를 실행에 옮긴다. 바로 농장에 출몰하는 여우를 총으로 쏘아 죽인 것이다.

아래 대목은 이 소설의 핵심 장면이다.

그날 밤 마치는 생생한 꿈을 꾸었다. 그녀는 꿈속에서 이해할 수 없는 노랫소리가 나는 것을 들었는데, 그 노랫소리는 집 위에서, 들판에서, 어둠 속에서 떠돌고 있었다. 그 노래가 어찌나 그녀의 마음을 움직였던지 그녀는 울고 싶은 기분이었다. 그녀는 밖으로 나갔다. 그녀는 여우가 노래를 부르고 있다는 것을 알아차렸다. 여우는 마치 옥수수처럼 노랗고 밝게 빛났다. 그녀가 다가가자 여우는 도망치면서 노래를 그쳤다. 여우가 가까이에 있는 것 같아 그녀는 여우를 만지고 싶었다. 그녀는 손을 뻗자 여우가 갑자기 그녀의 손목을 깨물었다. 그녀가 손을 뒤로 빼는 순간, 여우가 도망가려고 갑자기 몸을 돌리는 바람에 여우의 꼬리털이 그녀의 얼굴을 스쳤다. 꼬리털이 스친 그녀의 입가에 타는 듯한 고통이 느껴졌다. 마치 꼬리털에 불이 붙어 있기라도 한 것 같았다. 그녀는 고통에서 잠에서

깼고, 실제로 불에 데기라도 한 듯 몸을 떨면서 누워 있었다.

어느 날 밴포드는 헨리가 일부러 쓰러뜨린 나무에 깔려 죽고 만다. (밴포드는 마치보다 감성적인 인물이다.) 밴포드가 죽은 뒤 헨리와 마치는 결혼하지만, 두 사람의 앞날은 가시밭길이 예상된다.

로렌스의 「여우」에 등장하는 인물들은 어떠한가? 그들이 현실 속에 존재할 법한 평범한 사람들처럼 보이는가? 만약 그들이 독자들의 눈앞에 나타나면 그들을 알아볼 수 있을까? 그들이 이야기 속 대화를 토씨 하나 틀리지 않고 말한다 해도 그들을 알아보기 쉽지 않을 것이다. 그들은 오히려 미친 사람들처럼 보일 것이다. 이는 로렌스가 만들어 낸 등장인물이 자기 자신의 언어로 말하지도 않고, 실제로 거리를 걷는 존재가 아니기 때문이다. 그들은 분수처럼 연기하거나, 달처럼 빛나거나, 바다처럼 포효한다. 그렇지 않으면 사악한 바위처럼 침묵을 지킨다. 로렌스는 자신이 생각하는 천국과 지옥의 관점에서 인간관계를 묘사하는데, 이때 무언가를 위해 그의 플롯과 등장인물을 다 같이 희생시키고 있다. 로렌스에게 그 무언가란 플롯과 등장인물을 초월하는 것이고, 감각을 통해 직접적으로 이해하고 발견할 수 있는 것이다. 그 무언가란 바로 감각의 세계이다. 로렌스는 그 감각의 세계 내부에서 글을 쓴다. 아니, 그는 말 그대로 그 감각의 세계 내부로부터 글을 쓴다. 로렌스는 먼저 이야기의 세계, 이야기의 장소를 근사하게 만들고 그 세계 안에 다섯 가지 감각과 성(性), 즉 여섯 가지 특성을 근사하게 배치한다. 그리고 플롯은 불가피하게 상징적 역할을 한다. 독자들은 「여우」의 초입부만 보고도 이야기가 전부 **주관적**이리라는 것을 짐작한다. "여우는 그녀가 누군지 알고 있었다. 그리고 그녀는 여우가 자기를 알고 있다는 것을 깨달았다." 우리는 그녀가 여우가 자신을 알고 있다는 것을 안다는 사실을 안다. 이는 로렌스가 보고, 느끼고, 들을 수 있는 감각에 호소하고 그러한 감각을 통해 접근하는 능력이 비범하기 때문이다. 「여우」의 이야기가 갖는 최면적 성질은 이야기를 낯설게 만드는 요소인 한편, 우리의 이해를 돕는 요소이기도 하다. 로렌스가 이야기하는 인간관계는 몹시 강렬한 힘을 갖고 있기 때문에 우리는 그의 소설을 읽을 때 그 인간관계의 **본질**을 아무런 의심 없이 그대로 받아들인다. (그 본질이 무엇인지 말로는 설명이 어렵다.)

로렌스가 묘사한 마치와 밴포드의 관계는 언뜻 보면 굉장히 독특한 새로운 유형의 인간관계처럼 보이지만, 사실 그는 이 두 여자들이 인간 성격의 양면성 ―즉 의식과 무의식, 적극적인 의지와 수동적인 감수성, "준비"된 것과 잠재된 것― 을 상징하는 장치임을 분명하게 보여 주고 있다. 마치와 밴포드가 각각 상징하는 것은 한 여성이 지닌 양면성, 남성의 의지가 있을 때 여성이 보이는 양면성일 수도 있다. 로렌스는 마치 집요한 변호사처럼 이야기를 이끌어 나가고, 독자가제기할 수도 있는 반대 의견을 완전히 압도해 버린다. 하지만독자들에게 감동을 주고, 독자들을 납득하고 설득하는 것 역시 여우의 냄새다. 감각은 날카로운 논리나 설명보다 심오한차원의 창조적인 세계다. 로렌스의 작품이 마법을 발휘하는것은 바로 이런 감각 덕분이다.

잘 알려진 바와 같이 버지니아 울프의 작품에서도 감각은몹시 중요하다. 단, 그녀는 성에 대한 감각은 비판적이었다.독자들이 울프의 글쓰기를 아름답고 혁신적이라고 느끼는 이유는 그녀의 글 속에 표현된 삶이 그녀에게 감각의 문제인 동시에 지성의 문제였기 때문이다. 울프는 자신의 감각을 지적으로 사용하고, 로렌스는 (그의 글쓰기를 너무 쉽게 말하는 게아니라면) 자신의 지성을 감각적으로 사용한다. 체호프는 차분하게 등장인물을 형성해 나가는 반면, 로렌스는 적극적으로 등장인물을 해체한다. 작가들이 진실을 이야기하기 위해 이 같은 정반대의 기법을 종종 사용한다는 것은 모두가 잘 아는 사실이다. 하지만 로렌스는 안데르센의 동화 「공주님과 완두콩」에서 40장의 깃털 이불 아래 놓인 콩알을 발견한 진짜 공주를 연상시킨다. 콩알 하나에 펄쩍 뛴 공주처럼 로렌스는 허위에 민감하게 반응했고, 그 허위의 폐해가 무엇인지 분명하게 이야기했다. 그는 그가 원하는 방식의 이야기를 전개하기 위해 우리와 격렬히 다투는데, 이는 다툼이 그에게 중요한 것이기 때문이다.

로렌스처럼 잔인함을 이야기하는 작가들은 그들에게 연민의 감정이 부족해서가 아니라 그 잔인함을 떨쳐 내야 할 필요성 때문인지도 모른다. 반면 체호프의 소설은 그 무엇도 떨쳐 내지 않고 삶을 있는 그대로 설명한다. 체호프는 아마도 자기 자신의 감정을 삶보다 우위에 두지 않는 것이다. 로렌스는 소설을 통해 세상에 맞서 저항하는 한편, 참을 수 없는 경이로움과 아름다움을 세상에 선사한다.

로렌스의 소설에서 종종 열대새가 연상되는 경우가 있을지도 모르겠다. 있어야 할 것은 다 있는데 뭔가 부자연스러워 보이는 열대새 말이다. 상징적인 것은 땅에만 있으면 기를 펴지 못하지만, 날개를 펴는 순간 기적을 보여 준다. 예술가 로렌스의 새는 하늘을 날아간다. 그가 표현한 격렬한 감각은 헛되이 사용되지 않으며, 모든 것이 절묘하게 목적을 이룬다. 새는 멋지게 하늘을 지배하고, 독자들은 새 깃털의 무지갯빛에 눈부심을 경험한다. 로렌스의 새는 불사조인 것이다.

이제 「여우」는 마무리하고, 윌리엄 포크너의 단편소설 「곰」을 살펴보자.

남자 하나가 있었다. 이번에는 개도 함께였다. 곰 올드벤까지 친다면 동물 두 마리, 분 호겐벡까지 친다면 남자 두 명이었다. 분 호겐벡의 몸에는 샘 파더스의 몸에 흐르는 것과 같은 피가 일부 흐르고 있었으나 분의 경우는 평범한 부족민의 피라는 점이 다르고, 이들 중 더럽혀지지 않고 고결한 피를 가진 존재는 샘과 올드벤과 잡종견 라이언뿐이었다.

이것은 로렌스의 소설과 완전히 다른 세계다. 이 소설이 보여 주는 세계는 다양한 계층화가 이루어진 외부세계로, 우리의 내면세계는 이 외부세계와 소통하고 그에 응답한다. 이야기에 등장하는 피는 의식적이든 무의식적이든 **더럽혀질** 수 있는 것이다. 다시 말하면, 그 피를 지닌 이의 행동, 의견, 외부적인 삶에 따라 달라질 수 있다는 말이다. 윌리엄 포크너는 평범한 부족민의 피, 잡종견의 피, 더럽혀지지 않은 피, 고결한 피 등 한 문장 안에서도 여러 가지를 보여 준다. 반면, 로렌스에게 피는 무의식이 존재하는 곳일 뿐이다.

윌리엄 포크너의 「곰」은 곰 사냥에 대한 이야기다. 주인공인 소년은 그가 태어난 시골마을에 위대한 곰 한 마리가 살고 있다는 전설을 들으며 자란다. 황야에서 첫 사냥을 경험한 뒤, 소년은 위대한 곰을 마주치지만 그 곰을 죽이지는 않는다. 하지만 몇 년 후 소년은 결국 사냥 훈련을 받은 잡종견 라이언을 데리고 곰 사냥에 나선다. 치명적인 사투 끝에 위대한 곰과 잡종견 라이언, 더럽혀지지 않은 피를 가진 인디언 샘은 전부 죽음을 맞는다.

「곰」의 내러티브는 사건의 경험과 혈통의 대물림에 대한 이야기다. 이야기는 외부세계와 밀접하게 연관되어 있기 때문에 과거에 있었던 사건은 미래에도 발생할 수 있으며, 소설 속에는 이를 보여 주는 단서들이 제시된다. 어떤 면에서 이 소설은 시간적, 장소적, 인간적 요소에 지속적이고 고유한 영향을 받는 사건을 이야기한 한 가지 사례이다.

소설은 주인공 아이작 맥캐슬린이 성장하며 경험했던 사건을 보여 준다.

그는 이 모든 것이 그보다 훨씬 전에 시작되었다는 사실을 나중에야 깨달았다. 그것은 그의 나이가 두 자릿수로 바뀐 지 얼마 지나지 않은 어느 날, 겸허한 자세로 인내한다는 조건 하에 스스로 황야에서 사냥꾼이라는 이름과 지위를 얻어 보라며 사촌 맥캐슬린이 처음으로 그를 사냥꾼 야영지가 있는 큰 숲으로 데려가 주던 그날 시작되었다.

여기서 '겸허'와 '인내'는 우리와 세상과의 관계를 설명하는 속성이다.

그는 비록 한 번도 보지는 못했지만, 260제곱킬로미터에 달하는 지역에서 마치 살아 있는 사람이라도 되는 양 분명한 이름으로 불리고 있는, 덫에 걸려 발 하나를 다친 거대한 늙은 곰의 이야기를 이미 들어 알고 있었다. 옥수수 저장고를 부수고 들어가 들쑤시고, 어미 돼지 새끼 돼지 할 것 없이 심지어는 송아지까지 통째로 숲으로 끌고 들어가 잡아먹고, 덫이며 함정이며 죄다 헤집어 놓고, 개를 갈기갈기 찢어 죽였다는 이야기며, 엽총이나 심지어 소총으로 근거리에서 쏴도 마치 어린애가 대롱으로 콩알을 날린 것만큼의 효과도 나지 않더라는 오랜 전설을 알고 있었다. 텁수룩하고 거대한 곰이 기관차처럼 거침없고 저항할 수 없는 기세로, 그러나 결코 급하지 않게 돌진해 나가는 길을 따라 남겨진 파괴의 잔해는 소년이 태어나기도 전부터 이미 전설이 되어 있었다. 그가 눈으로 직접 보기 전부터 곰의 모습은 그의 머릿속에 있었다. 사람의 손을 타지 않은 숲에 나 있는 뒤틀린 발자국을 보기도 전에 곰은 그의 꿈에 거대한 모습으로 우뚝 솟았다. 텁수룩하고 어마어마한 몸집에 눈이 벌건 곰은 사악하다기보다는 그저 거대했다. 개들의 으르렁대는 위협도, 달려들어 짓밟으려는 말들의 시도도, 사냥꾼들이 쏘아 대는 총알도 아무 소용이 없었다. 넓은 숲 자체가 답답하리만큼 협소하게 느껴질 정도로 압도적인 거대함이었다.

소년에게 곰은 추상적인 모습일 뿐이지만, 로렌스의 여우와는 완전히 다른 모습이다. "소년은 자신의 감각과 인지력이 아직 미치지 않은 무엇인가를 이미 헤아린 듯했다……"

이는 그 곰이 경험의 세계에 속한 존재이기 때문이다.

그것은 언젠가는 사라질 운명에 처한 황야였다. 그것이 황야라는 이유로 두려워한 인간들이 쟁기와 도끼를 들고 와 조금씩, 쉬지 않고 그 가장자리를 갉아먹고 있었다. 그 땅에서 늙은 곰은 이름을 얻었지만, 수많은 인간들은 자기들끼리 이름조차 알지 못했다. 이 황야를 달리는 것은 언젠가는 생명이 다할 한 마리 짐승이 아니라 이미 사라지고 없는 시대로부터 때를 잘못 타고 나타난, 그 누구도 범접할 수 없는 존재였다. 황야는 지난 시대 야생의 환영, 전형, 극치였다. 인간들은 마치 졸고 있는 코끼리의 발목 근처에 모여든 피그미들처럼 이 황야에 몰려들어 혐오와 두려움, 분노로 난도질하고 있었다. 늙은 곰은 외롭고, 굳건하고, 홀로였다. 짝을 잃고 새끼도 잃었지만 죽을 운명을 벗어던진 늙은 곰은 늙은 아내를 잃고 아들이 모두 죽은 뒤에도 살아남은 늙은 프리아모스 같았다.

이런 세계의 경험은 「곰」의 이야기를 관통하는 줄거리다. 아래는 곰의 발자국이 언급되는 대목이다.

바로 그때, 저물어가는 어느 겨울 오후, 어둡고 거대한 고대의 숲 그늘 속에서 샘의 옆에 서 있던 소년은 발톱자국에 긁히고 속이 파인 썩은 통나무와 바로 옆 젖은 땅에 나 있는 거대한 발자국을 보았다. 소년은 그 발자국을 조용히 내려다보았다. 발가락이 두 개만 남아 뒤틀린 모양새였다. …… 언제부터인지는 기억나지 않지만 소년의 귓전에서 내달리고 꿈속에서 우뚝 선 모습으로 나타나던 곰, 사촌 맥캐슬린과 드 스페인 소령과 심지어 나이 지긋한 콤슨 장군의 귓전과 꿈속에도 기억할 수 없는 옛날부터 틀림없이 존재했을 그 곰이 죽을 수도 있는 생명체라는 사실을 소년은 그날 처음으로 깨달았다. 그들이 매년 11월만 되면 사냥을 나가면서도 실제로 곰을 죽이겠다는 의도 따위가 전혀 없었던 것은, 그 곰이 죽지 않는 존재라서가 아니라 지금껏 곰을 정말 죽일 수 있을 거라고 기대하지 않아서였음을 처음으로 깨달은 것이다.

포크너는 추상적인 현실과 명확한 발자국을 번갈아 묘사하며 현실이 놀라운 것임을, 외부세계가 가까이에 있음을 이야기한다. 현실은 그저 **존재하기만** 하는 것이 아니라 우리 눈앞에 **나타나는** 대상으로, 특정 등장인물에게 한 번 발생하고 끝나는 일이 아니라 꾸준히, 여러 번 반복된다.

　아이작 맥캐슬린은 여러 번 곰과 마주친다. 그리고 마침내, 곰과 목숨을 건 사투를 벌인다.

　곰은 나무에 등을 기댄 채 뒷발로 서 있었고 사냥개들이 요란스럽게 짖어대며 그 주위를 맴돌고 있었다. 순간 잡종견 라이언이 힘껏 튀어 올라 곰에게 달려들었다. 곰은 이번에는 라이언을 후려치지 않았다. 곰은 선 채로 개를 양팔로 안아 들더니 마치 연인들처럼 함께 넘어졌다.

　끔찍한 사투가 벌어진다. 라이언은 곰의 목을 문 채 매달리고, 곰은 라이언의 몸뚱이를 할퀴어 치명상을 내지만 라이언은 끝까지 곰의 몸에서 떨어지지 않는다. 라이언에게 사냥 기술을 훈련시키고 라이언을 아꼈던 분은 곰이 라이언을 할퀴는 모습을 보고 손에 칼을 쥔 채 달려간다. 그는 곰의 등에 올라타듯 몸을 날리고, 칼은 바닥으로 떨어진다.

　칼은 한 번 솟아오른 것이 전부였다. …… 곰은 남자와 개를 매단 채 다시 몸을 일으켰고, 마치 사람처럼 뒤로 돌아 숲을 향해 두세 걸음 옮기더니 바닥에 요란하게 쓰러졌다. 곰은 주저앉은 것이 아니라, 쿵 하고 쓰러졌다. 마치 나무가 땅에 쓰러지듯 한꺼번에 쓰러져서, 남자와 개와 곰 모두가 한꺼번에 튀어 오르는 듯 보였다.

이 싸움으로 곰과 개, 인디언인 샘 파더스는 모두 다 죽는다. 진흙 바닥에 얼굴을 묻은 채 꼼짝도 하지 않는 샘 파더스는 숨을 쉬는지조차 알 수 없다. "그냥 놔 버린 거요." 눈을 뜬 채 이빨을 드러낸 구릿빛의 샘 파더스 — 그에게는 자식도 친척도 동족도 없었다 — 와 곰은 똑같은 모습으로 바닥에 엎어져 있다.

나무가 쓰러지며 「여우」의 이야기가 끝났듯, 「곰」은 곰, 개, 샘 파더스의 죽음으로 이야기가 끝난다(이는 마치와 헨리의 삶을 죽음이나 다름없는 삶으로 보는 경우다). 「여우」에 등장하는 나무와 「곰」에 등장하는 죽어가는 곰, 개, 샘 파더스는 황야의 몰락을 상징한다. 여우는 오직 내면세계에만 존재하는 생명체이고, 곰은 오직 외부세계에만 존재하는 생명체다. 여기서 외부세계란 물리적이고 삼차원적인 외부세계일 뿐만 아니라 과거의 경험, 지식, 감각이 혼합된 무한한 외부세계, 즉 시간과 장소의 지혜를 의미하는 것으로 볼 수 있다. 곰과 여우는 공격적인 인간의 파괴적인 행동으로 인해 죽는다. 하지만 포크너가 보여 주는 싸움은 의식적인 싸움으로, 싸움이 발생하는 배경은 물리적인 공간이자 정신이 투영된 공간이다. 포크너는 인간의 속성을 위엄과 영광, 타락과 고결, 조롱과 패배, 긍지와 인내의 측면에서 이야기한다. 반면, 로렌스에게 인내는 낯선 개념이다. 로렌스가 보여 주는 싸움은 "피의 의식" 안에서 승리하고 패배한다. 포크너와 로렌스가 그리는 두 세계는 동전의 앞뒷면과도 같다.

포크너에게는 직관력보다 통찰력이라는 단어가 더 어울린다. 포크너의 이야기를 읽다 보면 시간과 함께 질주하고, 세상과 함께 질주하는 느낌이 드는데, 이는 그의 문장 길이와 간접적으로 비례하는 듯하다. 「곰」에는 무려 16,000단어로 이루어진 문장이 있는데, 이 문장은 마치 이른 시간의 들판을 달리는 공룡처럼 질주한다. 그 문장 안에 언급되는 사건들은 마치 한꺼번에 발생하는 사건들 같은 묘한 분위기를 준다. 우리는 이런 문장을 보며 산문이란 모든 부분이 체계적으로 구성된 조직이자 상상력의 발로임을 새삼 깨닫는다. 어떤 문장은 교회 건물이나 다리처럼 그 구조가 완벽하게 통제되기도 한다.

「곰」은 황야의 몰락에 대한 종말론적 이야기다. 소설의 마지막에는 요란한 소리를 내며 부서진 총으로 미친 듯이 쇠를 내리치는 한 남자, 그의 머리 위에 드리운 단풍나무 주변을 정신없이 뛰어다니는 마흔에서 쉰 마리는 될 법한 다람쥐들이 등장한다. 일면으로 보면 이는 기계화 시대와 동력을 사용한 농기구의 등장을 암시하는 대목이다. 이 소설은 과거부터 미래, 인디언들이 살았던 옛날부터 현재까지의 토지의 역사를 이야기하고 있다. 그 안에는 위대한 영웅, 황야, 상징적인 존재가 있고, 주인공의 현재, 유년 시절, 과거, 미래, 가문의 역사(이는 장부 기록과 기억, 유물을 통해 드러난다)가 담겨 있다. 우리는 이 이야기를 통해 모든 사건에는 앞으로 똑같이 반복될 수 있는 힘이 있음을 깨닫고, 황야의 모든 세계, 미시시피 주의 모든 역사를 깨닫는다.

「곰」의 시간 구조는 작가에 의해 언제든 뒤틀리고 파괴될 수 있는 위험성을 내포하고 있다. 이는 **모든** 시간이 팽창해 이야기가 진행되는 현재를 비집고 들어가려고 몸부림치기 때문이다. 이 소설의 표면에 나타난 시간적 팽창성과 공간적 고착성은 그 자체가 일종의 불길한 징조다. 시간과 공간은 더 많은 시공간을 포함하기 위해 마치 풍선의 표면처럼 늘어나고, 이야기는 이렇게 늘어난 시공간을 전부 담기 위해 그 형태와 기능이 위험할 정도로 급증한다.

「곰」은 4장에 이르러서야 '모든 시간'과 '이야기가 진행되는 시간' 사이에 놓였던 허술한 장벽이 완전히 무너진다. 그 결과, 한 가문과 땅의 모든 역사가 한 장(章) 안에 물밀 듯이 밀려들면서 문장과 단락의 길이는 눈으로 그냥 보기만 해도 아찔할 정도로 엄청나게 팽창한다. 팽창된 이야기 속에서 환기되는 시간과 공간은 마치 황야를 누비는 짐승들처럼 뒤로 달려갔다 앞으로 달려왔다, 위로 올라갔다 아래로 내려왔다 하며 이야기를 온통 헤집고 다닌다. 바로 여기에 이 소설의 아름다움이 있다. 이야기의 자기파괴와 자기희생은 온전하고 조리 있는 이야기가 주었을 모든 것을 초월한다. 「곰」이 경이로운 소설인 이유가 이것이다.

물론 이런 시도는 이야기의 주제가 무엇이냐에 따라 경이로운 결과를 가져올 수도 있고 엉뚱한 결과를 가져올 수도 있다. 야생적 시간과 공간의 소멸은 포크너가 「곰」을 통해 이야기하고자 했던 여러 가지 속성 가운데 하나다. 이 야생적 시간과 공간은 이미 사라져 버린 속성, 함축적인 속성이자 그의 이야기를 통해 되살아난 속성이다. 포크너가 시간과 공간에 얽

매이지 않은 것은 평범함의 관점을 벗어나 생각하면 전혀 무모한 시도가 아님을 알 수 있다. 포크너는 자신만의 방법으로 진실하고, 충실하게 이야기를 구성했다. 이보다 더 진실한 방법은 없다.

◇ ◇ ◇

지금까지 우리는 이야기를 구성하는 요소(등장인물, 플롯, 이야기의 물리적 세계나 도덕적 세계, 감각적 형태나 상징적 형태 등)라면 무엇이든 그 이야기를 강조하는 역할을 할 수 있음을 살펴보았다. 이처럼 작가가 이야기를 **조직**하는 방식을 보면 그 이야기를 쓴 작가의 성향을 가장 근접하게 알 수 있으며, 독자 입장에서는 그 작가를 가장 정확하게 이해할 수 있다 해도 과언이 아니다.

또한 우리는 훌륭한 소설 작가들이 어떤 면에서 훼방꾼 역할을 한다는 사실도 발견했다. 어떤 작가들은 자신의 이익 —또는 다른 작가들이 봤을 때 이익인 것 —과 반대로 행동하려는 것처럼 보인다. 이상한 일이 아닐 수 없다. 하지만 이보다 더 이상한 일이 있으니 바로 우리가 작가를 통해 얻는 심오한 즐거움의 근원이 바로 작가의 훼방과 종종 연관되어 있다는 사실이다.

이는 우리의 즐거움의 근원이 훼방을 받을 때 우리 앞에 새로운 세계가 열리기 때문이다. 우리가 이야기하는 아름다움은 노골적이고, 명백하고, 잡다한 속성을 지닌 대상이 아니다. 아름다움은 다양한 종류의 과묵함, 완고함과 연관된 속성이다. 아름다움의 원천은 예상에 순응하는 대신 인간의 진실이 존재하는 한 무엇이든 가리지 않고 필연적으로 행동하고자 하는 욕망에서 나온다. 아름다움은 어떤 결과를 얻기 위한 수단이나 방법이 아니다. 아름다움은 결과이며, 질서, 형태, 자취의 영역에 속하는 것이다.

아름다움과 감수성은 현실의 삶에서 모방될 수 없지만, 소설에서는 함께할 수 있는 속성이다. 그러나 소설을 읽을 때와 쓸 때는 아름다움과 감수성 중 한 가지만 추구할 수 있다. 감수성은 우리 안에 내재되어 있다. 아름다움은 우리 눈앞에 나타났을 때 이해할 수 있다.

나는 소설가가 무엇이든 시도할 수 있다는 점을 분명히 하고 싶다. 물론 작가가 많은 것을 시도해 온 건 사실이나, 짐작컨대 모든 것을 시도하지는 못했을 것이다. 작가에게 무한한 가능성이 존재하는 이유는 첫째, 상상력의 발동은 끊임이 없고, 둘째, 우리는 감각을 인식하는 데 언제나 열려 있기 때문이다.

이제 우리는 향후 글쓰기의 특징이 무엇인지 이야기할 수 있다. 앞으로 글쓰기는 규칙, 미학, 문제와 해결로 설명되지 않을 것이다. 상상력이 존재하는 한 글쓰기는 규칙이 아니다. 열정이 존재하는 한 미학도 아니다. 솔직한 작가들이 언제나 이야기하게 마련인 문제와 문제 해결도 아니다. 글쓰기가 앞으로 고려해야 하는 것은 작가의 반대편에 있는 독자의 존재다. 상상력과 생각의 사용 주체인 독자, 의사소통의 필요성에 대해 작가만큼이나 잘 알고 있는 독자가 어딘가에 분명히 존재하고 있다.

독자와 작가는 서로가 잘 되길 바란다. 독자와 작가가 원하는 것, 이해하는 것도 결국 같은 것 아닐까? 독자와 작가가 추구하는 것은 결국 아름다움과 열정에 대한 이야기, 새로운 시각을 갖고 인간적 진실에 접근한 이야기가 아닐까?

1949년

글쓰기와 분석하기

작가들은 자신이 발표한 글에 대해 작가의 시각에서 분석해 달라는 요청을 종종 받곤 한다. 하지만 독자나 작가의 입장에서 생각했을 때, 나는 이미 완성된 글은 작가를 더 이상 필요로 하지 않는다고 본다. 좋든 싫든 그 글은 이미 작가의 손을 떠났기 때문이다. 또 다른 문제는 작가가 과연 사람들이 원하는 분석을 해줄 수 있는가이다. 글쓰기와 비평적 분석은 마치 받아쓰기와 플루트 연주처럼 완전히 다른 영역의 재능이라 글쓰기를 잘한다고 해서 비평적 분석까지 잘할 수 있는 것은 아니다. 두 분야에 모두 능통한 사람이 있긴 하지만, 그마저도 글쓰기와 분석을 동시에 할 수는 없다.

직업이 소설 작가이다 보니 나는 글쓰기에 대해 일반화해 말하는 것이 영 편치 못하다. 간혹 일반화하더라도, 나는 내 결론이 특정 소설, 특정 장르에만 국한된 것임을 분명히 한다. 내가 지금까지 글을 써오며 깨달은 단순하고 분명한 진리가 있는데, 바로 새로운 소설을 쓸 때마다 매번 전과 다른 관점으로 보게 되고 새로운 문제가 제기된다는 사실이다. 작가는 과거에 썼던 이야기가 새로운 이야기의 밑천이 되지 않을까 하는 기대와 소망을 품어 보지만, 과거의 이야기는 새로운 이야기에 눈에 띄는 영향도, 도움도 주지 않는다. 새로운 이야기의 틀을 벗어난 것은 사실 도움이 아니라 방해가 된다.

한 작가가 쓴 여러 가지 이야기를 종합적으로 봤을 때 이야기들이 전형적이고, 예측 가능하고, 체계적인 방식에 따라 전개되는 경우는 거의 없으며, 연대기적 시간에 따라 전개되는 경우는 더더욱 없다. (단, 신중한 작가들이 쓴 소설은 궁극적으로 그 작가의 독특한 전개 방식이 극명하게 드러난다.) 나는 모든 이야기에 각 이야기만의 삶이 주어지는 한, 이야기는 문제없이 자라날 수 있다고 생각한다.

그럼에도 불구하고 이야기를 다 쓰고 나서 돌아보면 작가의 예전 이야기가 희미하게 반복되고 있다거나, 특정 주제가 조금씩 변형되면서 이야기에 등장해 왔고 앞으로도 또 등장하리라는 점이 보이곤 한다. (적어도 내겐 그랬다. 한참 뒤에 깨달은 사실이긴 하지만 말이다.) 아주 오래 전에 형성된 패턴이 계속 발전하며 나타나는 경우도 있다. 물론 이런 패턴은 겉으로 드러나지 않는 것이어서, 작가의 무의식 속에 깊이 자리 잡고 있다가 이야기가 여러 번 반복되고 시간이 오래 지나고 나서야 뒤늦게 눈에 보이기 시작한다. 하지만 이처럼 비슷한 패턴이 나타나는 이야기라 하더라도 새로운 이야기는 과거 이야기의 또 다른 복제품이 아니라 완전한 권리와 고유한 동기에서 만들어진 새로운 시도의 결과물이며 그 이야기에는 그만의 고유한 갈등과 해소 과정이 있다.

어떤 사람들은 한 사람이 쓴 이야기가 모두 동일한 원천에서 유래했으리라 생각한다. 각각의 이야기마다 주제와 접근방식이 다르고 이야기의 분위기나 감정의 강도에 차이가 있을지언정 같은 작가가 쓴 이야기에는 공통적인 특징이 보이게 마련인데, 이는 작가가 하나의 감정적 충동 — 무언가를 예찬하고, 사랑하고, 글로 표현하려는 충동 — 에서 이야기를 썼기 때문이다. 하지만 수많은 작가들이 쓴 수많은 이야기의 원천이 동일한 경우도 있지 않은가! 단편소설의 원천은 대개 서정성이다. 모든 이야기는 사랑, 연민, 공포와 같이 인간이라면 누구나 보편적으로 경험하는 감정에서 출발하고, 그런 보편적인 인간의 감정에 호소한다.

어떤 이야기의 원천을 찾고 싶으면 작가의 내적 세계보다 그를 둘러싼 세계를 탐구하는 게 좋다. 이러이러한 감정을 직접적으로 촉발시킨 것은 무엇이며, 무엇이 이 감정과 연관되어 있는가? 무엇이 감정의 도화선을 당겼는가? 현실 세계의 무언가가 글을 쓰고자 하는 작가의 마음을 동요시켰을 것이다. 그 무언가란 거부할 수 없을 만큼 강력하고, 놀랍고(그것이 즐거운 놀라움이든 불쾌한 놀라움이든), 매력적인 사람, 장소, 사물이다. 이야기에 표현되는 현실 세계와 작가의 반응은 매번 다르고, 둘의 합도 매번 다르다. 현실 세계와 작가의 반응은 떼려야 뗄 수 없는 관계에 있다.

이 같은 유기적인 관계는 그 특성상 일반화가 애매하고 일반적인 분석을 통해 발견하기도 어렵다. 하지만 이는 이야기 자체에 큰 지장을 주지는 않으므로 굳이 글을 쓰는 작가가 아니라면 신경 쓰지 않아도 좋다. 이는 그저 개인적인 중요함의 문제다. 하지만 글을 쓰는 작가라면 중요하게 —— 적어도 글을 쓰는 순간만큼은 중요하게 —— 따져 볼 문제다. 작가는 이야기가 끝날 때까지 둘의 관계가 끈끈하게 이어지는지, 그 관계가 유연하고, 섬세하고, 정확한지 염두에 두어야 한다. 나는 비평적 분석 방법보다는 그 이야기를 둘러싼 세계를 보고 이야기를 분석하는 편을 선호한다. 비평적 분석은 인간의 감정이 담긴 이야기를 위아래로 뒤집으면 이야기를 더 쉽게 이해할 수 있다고 간주해 (마치 단추를 삼킨 사람을 거꾸로 매달아 단추를 토하게 하듯) 글쓰기 과정을 거꾸로 뒤집어 살펴보곤 한다.

어떤 이야기의 시작점은 비평에 있는 게 아니라 작가의 외부 세계에 있다. 작가는 자신이 직접 두 눈으로 본 살아 있는 대상을 원천으로 이야기를 만들어 나간다(그것이 비록 작가 혼자만의 경험일지라도 말이다). 작가가 본 외부 세계는 작가의 머릿속, 마음속을 거쳐 무언가로 —— 작가의 이야기를 **구체화**할 수 있는 윤리적인 생각, 정열적인 생각, 낭만적인 생각 ——**만들어지는데**, 이런 작가의 머릿속과 마음속은 지도처럼 그림으로 그리거나 도표화할 수 없는 영역이다. (지도로 그린다 한들 무슨 도움이 되겠는가? 서재에 걸어 놓은 세계 지도가 세상을 바꿀 수 없듯이 말이다.) 어떤 이야기를 특별하게 만드는 것, 그 이야기에 생명력을 부여하는 것은 작가의 머리와 마음에서 나온 결과물이다. 종이 위에 인쇄된 한 편의 이야기는 작가가 그 이야기의 문제와 문제를 해결하는 과정에서 습득한 결과물로, 이는 마치 아무도 가 보지 않은 미지의 영역처럼 작가에게는 완전히 새로운 과정이다.

분석은 시간을 역으로 거슬러 올라가므로, 글을 분석하면 할수록 경로는 점점 좁아진다. 분석의 목표지점은 이야기의 소실점으로 이 소실점 너머에는 이야기에 "영향을 준 요인들"만 존재한다. 반면 글을 쓰는 작가는 반대 방향으로, 즉 소실점에서 시작해 무한한 공간으로 나아간다. 세상만사가 다 그렇듯 선택은 늘어나고, 복잡해지고, 선택에 딸려 오는 것도 많아진다. 작가들은 "이야기를 통해 두려움과 즐거움을 전달할 수 있다는 확신"에서 이야기를 시작한다. 비평가는 이야기의 종착점에서 시작해 출발점으로 거슬러 올라가지만, 작가는 무에서 유가 창조된 출발점이 무엇인지 처음부터 알고 있다. 고로 비평가와 작가의 선택과 결정은 서로 질적으로 다를 수밖에 없다. 작가가 어떤 선택을 하는 것은 달리 이유가 있어서가 아니라, 작가의 생각에 그 선택이 **그럴 듯**해 보이기 때문이다. 그런 선택은 계획된 것이 아니라 느낌에 의한 것이고,

가야 할 방향이 원래부터 정해져 있다. 그런 선택은 일방적이고, 운명적이고, 예술처럼 엄격하고, 느낌에 충실하고, 강력한 진실함을 지닌 **소설**의 선택이다.

글쓰기와 분석은 거울에 비춘 것처럼 정확히 반대의 모습이 아니다. 이야기를 뒤집으면 분석이 되고, 분석을 뒤집으면 이야기가 되는 게 아니다. 글쓰기와 마찬가지로 비평도 엄연히 예술이다. 단 글쓰기는 어느 정도의 환상을 다루지만, 비평은 그렇지 않다. 작가의 의도가 무엇인지 소설 밖에서는 어떤 설명도 주어지지 않는다. 겉으로 보기에는 아주 단순한 소설도 (작가의 의도가 실패하지 않았다는 전제하에) 실제로는 강도 높은 작가의 실험이었을 수 있다. 바로 이를 위해 작가는 새로운 이야기를 시작할 때 지금까지 그가 알았던 모든 것과 편안함을 버리고 새로운 실험에 착수한다.

우리의 외부 세계는 늘 변화하고, 변화하는 외부 세계는 소설 글쓰기에 여러 가지를 시사한다. 우리가 할 수만 있다면, 이 두 가지 사이의 연결고리를 찾아내는 것은 우리의 몫이다. 외부 세계가 글쓰기에 어떤 영향을 주었는지는 오직 그 글을 쓴 작가만이 알 수 있다. 나는 최근 「그대를 위한 곳은 없어」

라는 단편소설을 쓰면서 외부 세계가 내게 어떻게 이야기를 써야 하는지 그 방법을 제시해 주고, 나아가 그전에 시도했던 이야기 방식을 버리고 새로운 방식을 찾아야 함을 일러 준다는 것을 깨달았다. 내가 지금부터 설명하는 과정은 비평적 분석으로 보기보다 실제로 글을 쓴 작가의 관점에서 작품을 반추한 과정으로 보면 좋을 것이다.

소설의 이야기가 바뀌게 된 계기는 여행이었다. 어느 여름날, 나는 지인과 차를 함께 타고 난생 처음 뉴올리언스에 다녀왔다(이때 이후로 뉴올리언스에 다시 간 적은 없다). 많은 풍경을 구경하고 여행에서 돌아온 나는, 뉴올리언스의 진짜 모습을 전혀 몰랐던 과거에 오로지 상상에만 의존해 이야기를 썼다는 사실을 깨달았다. 여행 뒤 내 머릿속에는 완전히 새로운 형태의 이야기가 그려졌다. 나는 소설을 처음부터 다시 쓰기 시작했다.

내가 이전에 썼던 이야기에는 꽉 막힌 현실에 지친 여주인공이 등장했다. 그녀는 작은 마을에서의 지나치게 친밀하고 단조로운 삶에 지쳐 있고, 지지부진한 연애 관계에 숨 막힘을 느꼈다. 그녀에게 현실을 벗어날 방법은 없었다. 나는 이런 이야기 전개에 숨통을 틔웠다. (여주인공의 삶에 숨통을 틔워 준

건 아니었다.)

내가 만들어 낸 여주인공은 성격상 그리고 정황상 자신이 사는 세계에 속박된 인물이었다. 하지만 여주인공의 시점에서 이야기가 진행됐기 때문에 그녀의 삶을 속박한 것이 오히려 이야기를 가로막는 결과를 가져왔다. 이야기는 무엇보다 여주인공의 시점을 벗어나야 했다. 나는 여주인공을 중서부 출신의 여자로 수정했다. (이전 이야기에서 그녀는 남부 출신으로 그려졌는데, 이는 내가 남부 사람을 가장 잘 알기 때문이었다.) 이야기는 여주인공의 시점을 벗어나 낯선 이의 눈에 비친 여주인공의 모습을 보여 주었다. 여주인공과 친밀한 대여섯 명의 주변인물들이 이야기에서 제외되고, 새로운 남주인공이 등장해 낯선 이의 역할을 맡았다. 나는 여주인공과 남주인공의 시점에서 모두 벗어나 이야기를 전개했다.

이 모든 것이 의미 있었던 것은 내가 처음 이야기를 시작했던 충동이 그대로 살아 있었기 때문이었다. 이야기를 새로 씀으로써 그 충동은 새로운 에너지를 얻었다. 내 상상 속에 있었던 뉴올리언스 ── 수면 아래 있었던 낯선 "남부 중의 남부"──의 이미지는 이제 이야기의 곤경을 상징하는 이미지로 분명히 자리매김했다. 동시에 이야기가 누구의 시점에서

처리되어야 하는지도 분명해졌다. 등장인물의 시점을 벗어나자 나는 이야기의 진짜 화자가 그들을 벗어난 외부에 존재한다는 것을 깨달았다. 이야기의 화자는 남녀 주인공들 사이의 허공에 떠서, 그들 주변을 살아서 움직이는 존재였다. 나는 이야기가 점점 진행될수록 등장인물보다 더욱 진실하고 더욱 본질적인 무언가가 수면 위로 모습을 드러내는 것을 느꼈다. 이야기의 등장인물은 두 명이 전부였지만, 이야기에는 사실상 제3의 인물이 있었다. 바로 두 사람 간의 관계라는 존재였다. 이 제3의 인물은 서로를 처음 만난 등장인물들 사이에서 성장하고, 그들의 여행길에 동행하고, 그들이 이야기를 할 때마다 번갈아 들으며 고개를 끄덕였다. 제3의 인물은 이야기가 진행되는 내내 남녀 주인공들의 이야기를 듣고, 그들을 바라보고, 그들을 설득하거나 반대하고, 그들을 가까이에서 봤다가 멀리서도 보고, (그가 주인공이어야 할 부분에서는) 그들이 누구인지 그들이 무엇을 하는지 잠시 망각하고, 그들을 돕거나 등을 돌렸다.

(여기서 강조하고 싶은 사실은 단편소설의 등장인물은 장편소설의 등장인물에 비해 이야기 전개를 이끌어 갈 수 있는 규모와 중요성, 역량이 부족하여 오히려 등장인물이 전반적인 이야

기 전개에 종속되어 있다는 점이다.)

제3의 인물은 어떤 관계가 아무리 덧없고, 불확실하고, 잠재적이고, 행복하거나 불행하고, 평범하거나 특이한지 여부와 상관없이 그 관계가 **어떤 힘을 갖고 있는지** 마치 최면처럼 보여 주었다. 나는 주인공들의 여행이 낯설고 충동적이라는 속성이 그들을 둘러싼 기후, 분위기, 한낮의 더위처럼 뚜렷하게 감지되길 바랐다. 뿐만 아니라, 함께 손을 잡고 도망칠 수도 있는 그들에게 잠시나마 찾아온 감정도 뚜렷하게 표현하고 싶었다. 그런 대목에서는 "그녀는 이렇게 느꼈다" 또는 "그는 이렇게 느꼈다" 대신 "그들은 이렇게 느꼈다"라는 표현을 사용했다.

처음 이야기는 여주인공이 중심이었던 데 반해, 수정된 이야기에서는 여주인공이 중심에서 사라졌다. 이처럼 이야기는 처음과 완전히 다른 것이 되었지만, 내가 정말 하고 싶었던 이야기는 변함없이 그대로 남아 있었다. 내 앞에는 새로운 주제, 새로운 배경, 새로운 서술 방식이 펼쳐져 있었다. 다소 늦은 감은 있었지만, 그것을 글로 옮기기만 하면 될 일이었다.

내 이야기의 실제 장소에 와 본 사람이라면 그곳이 이야기에 등장하는 배경임을 어렵지 않게 알 수 있을 것이다. 이는 내 이야기의 배경이 평범하지 않고 시각적인 묘사가 많기 때문이다. 하지만 이야기와 배경의 관계가 늘 이처럼 단순하기만 한 것은 아니다. 작가가 실제 장소를 얼마나 "유사"하게 묘사하는지와 무관하게, 작가의 머릿속에 한 번 들어간 장소는 이야기를 쓰는 과정에서 **기능적** 역할을 하기 때문이다.

나는 이곳에 대한 나의 인상(이곳의 비밀과 그림자는 따갑게 내리쬐는 햇볕, 지표면 위를 광맥처럼 흐르는 강, 뜨거운 열기를 품은 도로에 가려져 보이지 않았다), 이곳의 신경(이는 소설에 그대로 등장하는 단어들이다), 눈앞에 펼쳐진 황무지 위를 일렁이며 춤추는 열기, 즉 환영의 존재를 내가 느낀 그대로 독자들이 볼 수 있고 믿을 수 있길 바랐다. 나는 실제로 존재하는 장소를 배경으로 삼았고, 그 목적은 장소를 통해 주제를 전달하기 위함이었다. 내 이야기의 주제는 노출과 세상의 충격이었다. 나는 결국 이야기의 내면을 겉으로 보여 주고 껍데기는 버리기로 했다.

소설의 플롯은 모든 것이 다 노출되었음에도 불구하도 무감각해지려는 사람들의 모습을 이야기한다. 여주인공은 '우리의 마음이 노출되지 않도록 해주소서'라고 기도한다(이 내용은 이전 이야기에도 있었다). 나는 리처드 윌버의 시에서 "낮

섦은 우리를 서서히 강하게 만든다"라는 표현을 읽었다. 낯선 곳을 함께 여행하는 것은 위험한 동시에 은밀하고 낭만적인 유희이다. 등장인물들은 이러한 유희를 함께 즐기려고 하지만, 그들이 서로 공감할 수 있는 것이라곤 그곳의 뜨거운 더위와 더위로 인한 희극적인 불편함뿐이다. 그들은 딱 한 번 군중들 사이에서 춤을 추고 키스를 나누는데, 그들은 이 행동에 아무런 가망이 없음을 알고 있다(결국 그들은 마음을 나누지 못하고 서로 벽을 만든다). 그럼에도 불구하고 그들은 하나라는 생각을 이따금 하는데, 이는 실제로는 존재하지 않지만 그 두 사람 사이에서 그들을 열심히 관찰하고 그들의 이야기를 귀기울여 듣는 제3의 인물이 있음을 그들이 지각하고 있기 때문이다. 그들은 자신이 노출되었다는 것을 직감적으로 안다. 그 직감은 자신이 노출될 것임을 기대하는 한편, 그를 두려워했던 마음을 드러내면서 사라진다. 익숙하지만 폐쇄된 공간에서 벗어나지 못하는 주인공이 등장한 처음 이야기에서 나는 내가 전달하고 싶었던 이야기를 제대로 표현할 수 없었다.

소설의 장소를 직접 본 나는 이곳에 광기 어린 무언가가 필요하다고 생각했다. 나는 등장인물이 점점 빠르게 차를 몰고, 점점 빨라지는 차의 속도만큼이나 그들의 흔하고 진부한 동정심이 위험해지고, 적대적인 세상에 맞선 그들에게 보다 뜨거운 열기가 내리쬐는 장면을 그렸다. 나는 이런 상황에서라면 서로에게 호의적인 이들이 나눌 법한 평범한 대화보다 더욱 격렬한 대화가 오갈 것이고, 반사적인 매력과 반전보다 더욱 무자비하고 상냥하며, 절박하고 예민한 무언가가 있어야 한다고 생각했다.

구체적인 것과 추상적인 것을 이야기하는 것이 가능해졌으므로, 나는 이 두 가지를 하나로 통합하거나 때로는 각각 이야기했다. 내 소설의 배경, 등장인물, 분위기, 서술 방식은 같은 규칙에 따라 하나의 이야기를 구성하는 부분의 역할을 했다. 이야기는 자명해야 했고, 마지막까지 일정한 속도로 전개되어야 했다. 독자들은 달리 생각했을 수도 있지만, 나는 이야기의 속도가 경주의 속도와 같다고 생각했다.

무엇보다 나는 신비로운 분위기를 만들 의도는 없었지만, 독자들이 일부 대목을 불가사의한 이야기로 읽어 주길 기대한 건 사실이었다. 내가 소설에서 다룬 상황과 현실이 **실제로** 불가사의한 것이기 때문이다. 소설 마지막 부분에서 등장인물들은 거부하기 위해 어쩔 수 없이 인정해야 했던 그들의 가망 없는 관계 ─사적인 관계, 유한한 관계, 초자연적인 관계 ─ 로 몸부림치는데, 처음에 그들은 이런 몸부림에 귀를 기울이지만 금세 무시해 버리고 만다. 이 부분은 내 이야기에 진정성을 부여했다. 피상적이나마 두 사람 사이에 동정심과 사랑을 불러일으켰던 여행이 끝나 이제는 그 환상을 포기해야했기에 그들은 몸부림친 것이다. 짧고 덧없는 관계일수록 환상을 만들어 내는 내재적 힘이 있어 관계가 끝나면 '그', '그녀' 같은 대상으로 남는데, 이는 이 관계가 이미 맺어졌고, 공간을 점유했고, 예상과는 달랐지만 목적을 향해 나아갔고, 어둠과 먼지 속에서 밝은 불꽃을 보여 주며 순식간에 지나갔기 때문이다. 사람과 사람 간의 관계는 우리의 삶에 스며든, 또 늘 변화하는 불가사의함이다. 현실과 달리 가상의 이야기에서는 단어들이 모여 이런 관계를 만들어 낸다. 잔인하든 사랑스럽든 이런 불가사의함은 사람들의 발길이 닿는 곳이라면 아무리 외진 곳이더라도 그곳에 가 사람들을 기다린다.

새로운 이야기는 내가 처음에 썼던 이야기의 시작 지점에서 끝났지만, 원래 이야기와 새로운 이야기 중 어떤 것이 내 의도에 더 가까운지 나에겐 의심의 여지가 없었다. 이러한 분석이 작가의 글쓰기 능력과 늘 일치하는 것은 아니다. 작가들이 몇 번이나 이처럼 이야기를 뒤엎는 걸까 궁금해하는 독자들도 있을 것이다. 하지만 작가의 귀에 쿵 하는 '천둥소리'가 울리면, 작가는 그 소리를 듣고 글의 주제, 서술방식, 형식, 문체를 재고한다. 여기서 천둥소리란 작가의 마음속을 휘저은 감정에 살아 있는 현실이 더해지는 것, 의식이 고조에 달했을 때 작가의 충격과 인상이 하나 되어 함께 폭발하는 것을 말한다. 물론 실제로는 어떤 소리도 나진 않지만, 감수성과 감각이 있는 작가라면 이를 눈치 채기는 어렵지 않다. 그리고 작가가 느낀 충동이 어느 정도 실현될 때, 작가와 독자는 그 과정에서 즐거움을 얻기도 한다. 이야기가 완성된 뒤에도 살아 있는 현실은 예전과 같이 존재하므로, 언제든지 현실을 돌아보고 그 이야기를 검증할 수 있다는 것은 퍽 다행스러운 일이다. 작가와 작가가 쓴 이야기 사이에는 제3의 등장인물이 영원히 존재한다.

1955년

소설의 장소

소설에서 '장소'는 큰 존재감을 드러내지 않고 한쪽 구석에서 소설의 진행을 조용히 지켜보는 요소 중에 하나다. 반면 등장인물, 플롯, 상징 등은 소설 안에서 자기 존재감을 드러내기 위해 열심히 고군분투한다. 특히, 개인적으로 봤을 때 소설의 느낌은 다른 어떤 것들보다 가장 뚜렷하게 드러나는 요소로, 장소는 이 느낌에 밀려 뒷전을 차지하게 되기 일쑤다. 하지만 이번 장에서는 바로 이 존재감이 적은 요소인 장소에 대해 이야기해 보려고 한다. 실은 지금까지 우리가 장소의 중요성을 간과해 왔다는 지적이 나타나고 있는바, 장소의 억울함을 들어 보는 것도 좋을 것 같다.

　소설에서 장소는 어떤 입지를 갖고 있는가? 소설의 배경, 또는 소설을 "지역적"이게 만드는 요소쯤으로 간주하고 소설에 당연하게 있어야 할 존재라고 생각할 수 있다. 하지만 소설을 정의하는 대부분의 용어들이 그러하듯 이 "지역적"이라는 용어 자체는 별 의미가 없다. 헨리 제임스가 세상에는 딱 두 가지 종류의 소설, 즉 좋은 소설과 나쁜 소설이 있을 뿐 "영국 소설"과 "미국 소설" 같은 용어 구분은 아무런 의미가 없다고 했던 것도 같은 맥락이다. 물론 헨리 제임스의 주장은 이보다 한발 더 나아갔지만, 내 요지는 장소를 "지역적"인 요소로 일반화하기에는 무리가 있다는 것이다. 무엇이 좋은 글쓰기인지 일반화의 관점에서 정의하는 대신, 보다 심층적이고 구체적인 관점에서 살펴보면 — 작가라면 무엇이 좋은 글쓰기인지 반드시 알아야 하고, 독자는 알면 좋고 몰라도 좋으며, 교사는 이것을 살펴보는 것이 직업이다 — 장소가 좋은 소설과 직결되는 건 아니더라도 좋은 소설과 밀접하게 관련되어 있음을 알 수 있다. 어째서 그럴까?

　첫째, 장소는 글쓰기의 좋은 원재료로 글에 타당성을 부여한다. 둘째, 장소는 좋은 글쓰기, 즉 작가가 온전한 결정권을 가지고 그의 주장을 펼칠 수 있는 허구의 세계를 만든다. 물론 새뮤얼 테일러 콜리지의 「노수부의 노래」를 비현실적이라고 비판하는 사람은 과거에도 있었고 앞으로도 있을 것이다.[*] 셋째, 장소에는 작가의 가치가 드러난다. 장소는 작가가 뿌리를 내리고 서 있는 배경이자, 작가가 이야기하는 경험의 판단 기준이며, 이와 동시에 작품에 드러나는 작가의 관점이다. 지금부터 이 세 가지 대략적인 측면에서 장소에 대해 살펴보도록 하자.

대략적인 측면이라고 했지만 사실 이 세 가지는 긴밀하게 연관되어 있다. 만약 최근 소설에 이런 연관성이 크게 나타나지 않는다면 이는 우리가 장소에 대해 진지하게 고민해 봐야 할 또 다른 이유이기도 하다. 소설은 우리가 상상할 수 있는 극도의 즐거움을 제공하는 한편, 동시에 강력한 힘을 발휘한다. 사람들이 서로를 잘 이해하지 못하는 지금 같은 시대에 예술이란 매개체로 한 나라의 이야기를 다른 나라에 거의 언제

---

[*] 안나 레티샤 바볼드는 「노수부의 노래」가 비현실적이고 아무런 교훈도 없는 이야기라고 비판했다.

나, 확실하게 이야기할 수 있다는 것은 매우 다행스러운 일이다(다른 나라에서 들을 수 있다는 걸 전제로 해야 하지만). 하지만 예술은 결코 한 나라의 집단적인 목소리는 아니다. 예술은 그보다 훨씬 더 중요한 것, 바로 한 개인의 목소리이며, 어떤 것을 위로하기보다는 진실을 밝히기 위해 최선을 다한다. 소설은 그런 진실을 가장 명백하게, 직접적이게, 다양하게, 충만하게 이야기하는 예술 장르이다.

왜 하필 소설일까? 소설이란 본디 인간이 경험하는 일상의 지역성, "현실성", 현재성, 일상성과 떼려야 뗄 수 없는 예술이기 때문이다. 작가에게 상상력이 발동하면 그는 이야기에 이런 요소들을 어떻게 버무려 넣을까 생각한다. 그 방법은 실로 무궁무진할 만큼 다양한데, 이 네 가지 요소들이 등장하지 않는 예외가 하나 있으니 바로 "옛날 옛날 아주 먼 옛날에"로 시작되는 동화다. 동화 작가들의 이야기에는 현재성이나 지역성이 한 톨도 존재하지 않는다. 물론, 동화는 아니지만 현재성과 지역성이 없는 일종의 동화 같은 소설이 언제나 있긴 하다. 바로 우리가 오늘날 역사소설이라 부르는 장르다. 소설은 일반적으로 현재 또는 과거에 있었던 사실을 이야기한다. 이는 우리가 그 이야기 속에 존재해야 하기 때문이다. 소설은 이상적인 텍스처(texture)*를 제시함으로써 우리 개개인의 현재 삶에 스며든 감정과 의미를 드러낸다. 소설에서 가장 핵심적이고 중요한 요소는 결국 주제인데, 다행스럽게도 소설가가 다룰 수 있는 주제는 무궁무진하게 많다. 소설은 우리들이 '이곳'에서 경험하는 일을 그린다. 이 같은 대략적인 범위만 충족되면 ── 이 정도 범위면 충분하지 않은가? ── 소설가는 세상 거의 모든 것에 대해 이야기할 수 있고, 실제로 지금까지 많은 소설들이 그리 해왔다. 소설은 **생명력**을 갖고 있는 한 즐거움을 선사하며, 동시에 늘 즐거움을 선사해야 하고, 그 즐거움은 결혼식 하객을 사로잡을 수 있을 만큼 강렬한 것이어야 한다.**

　모든 소설은 본질적으로 장소와 밀접하게 연결되어 있다. 이는 인간의 **감정**이 장소와 밀접하게 연결되어 있다는 심리적인 요인으로 설명할 수 있다. 인간의 머릿속에는 수많은 연상들이 존재하는데, 이런 연상들은 객관적이기보다는 주관적이다. 가령 내가 "요크셔의 황야"라고 했을 때 여러분은 "폭풍

---

* 작가 고유의 단어 선택, 분위기, 주제가 복합적으로 만들어 내는 글의 질감.
** 콜리지의 「노수부의 노래」는 한 노수부가 결혼식 하객을 붙잡고 자신의 경험담을 털어놓는 내용의 시다.

의 언덕"을 떠올린다. 또 내가 "아버지께서 살아계셨더라면"이라고 했을 때 내가 기대했던 대답은 "아버지랑 모스크바에 같이 갈 텐데"지만 여러분의 대답은 완전 딴판이다. 여기서 핵심은 소설의 생명력이 장소에 좌우된다는 사실이다. 장소는 상황의 갈림길, 즉 "무슨 일이 있었나? 누가 여기 있을까? 누가 여기로 올까?"를 확인할 수 있는 배경으로, 바로 이곳이 감정의 들판이다.

어떤 예술 장르의 미래 모습을 예측하기는 어려워도, 글쓰기의 미래만큼은 예측할 수 있는 사실이 한 가지 있다. 바로 모든 예술 장르 가운데 글쓰기는 그 이야기의 원천인 장소와 절대 떨어질 수 없다는 점이다. 음악과 무용의 원천도 장소—숲!—이고, 순수한 동심을 지닌 사람들은 지금도 음악과 무용에서 장소를 연상할지 모르지만, 이제는 더 이상 어떤 장소에 국한되지 않는다. 조각은 텅 빈 장소에 존재하며, 그 텅 빈 장소를 지배하고 그와 소통한다. 미술의 경우 어떤 장소를 명백하게 묘사한 예술 장르이긴 하나, 미술과 장소의 관계는 그간 상당히 흥미롭게 변화해 왔다. 미술의 역사를 생각해 보면, 풍경화가 미술의 대세로 자리 잡고 미술에 세속적인 내러티브가 등장하면서 미술에 일대 혁명이 찾아오지 않앉았는가? 인상주의 미술은 대상을 있는 그대로 그리기보다 어떤 장소가 주는 신비함을 표현했는데, 이런 신비를 표현하는 수단은 그림의 주제가 아닌 표현 방식이었다. 미술과 글쓰기는 가장 유사한 성질을 공유하는 예술 장르로 (고대 중국 사람들은 미술과 글쓰기를 두고 종이 한 장 차이라고 말했다) 둘 다 장소와 밀접하게 연관되어 있다. 하지만 미술과 글쓰기의 배경으로 어떤 장소가 요구되는지, 미술과 글쓰기가 장소를 어떻게 활용하는지는 각각 다르다. 이는 음악을 만드는 선율과 조각을 만드는 끌이 다른 종류의 재료이듯 글쓰기의 재료인 단어와 미술의 재료인 물감이 근본적으로 다른 것이기 때문이다.

위에서 언급한 것처럼, 모든 예술 장르가 장소와 연관되어 있는 근본적인 이유가 있다. 바로 모든 예술은 장소의 신비함을 찬미한다는 사실이다. 장소의 신비함은 어디에서 오는 걸까? 장소의 본질이 우리 인간의 본질보다 훨씬 영속적이기 때문에 신비한 것일까? 또는 어떤 장소가 가진 **이름** 때문일까? 그 이름을 붙여 준 것이 **우리**라서 그런 것일까? 우리는 어떤 장소에 이름을 붙이고 그 장소에 일종의 낭만적인 환상을 입히는 경향이 있다. 더 이상 우리 눈앞에 보이지 않거나, 심지어 한 번도 본 적 없는 장소라 해도 낭만적인 환상은 그대로 유지된다. 우리는 지금도 세계 7대 불가사의에 대해 이런 낭만적인 환상을 품고 있다. 우리가 그냥 "공중정원"이라고 하지 않고(공중정원이라고만 하면 공중에 부양된 정체불명의 대상처럼 들릴 것이다) "바빌론의 공중정원"[*]이라고 하는 데는 다 이유가 있다. "바빌론의 공중정원"이라고 하는 순간, 우리 눈앞에는 바빌론에 지어졌던 바로 그 웅장하고, 화려하고, 꽃으로 드리워진 높은 정원이 떠오르는 것이다.

에드워드 리어는 그의 5행시에서 장소의 마법 같은 힘을 십분 활용했다. 「스파르타의 노인」에서 노인에게 25명의 아들과 1명의 딸이 있다는 내용이 그럴 듯하게 들리고, 노인이 아들딸들에게 달팽이를 먹이고 저울로 무게를 쟀다는 내용을 우리가 있는 그대로 받아들이는 이유는 이 시의 배경이 다름 아닌 스파르타이기 때문이다. 우리는 이 노인의 이름조차 알 필요가 없다. "글의 원천인 장소를 생각하자." 지난 독서 경험을 돌이켜 보면, 어떤 이야기의 원천이 그 이야기의 타당성을 판단하는 기준이 되었음을 알 수 있을 것이다.

---

[*] 세계 7대 불가사의 건조물의 하나인 옥상 정원.

어떤 이야기가 사실이든 허구든, 작가는 이야기의 장소를 보여 줌으로써 우리가 그 이야기를 믿을 수 있도록 그냥 방관하지 않고 적극적으로 이끈다. 바로 이것이 소설 속 장소의 역할이다. 소설은 허구다. 내면의 생각은 진실이지만, 외형은 언제나 허구이다.

불을 켜면 비밀과 마법의 세계가 나타나는 작은 도자기 조명등이 어렸을 때 집에 있었던 사람들이 있을 것이다. 그 조명등 표면에는 그림이 그려져 있고, 불을 켜면 도자기 옆면에서 불빛이 나와 새로운 그림이 표면의 그림에 겹쳐져 보였다. 내가 갖고 있었던 조명등은 불을 껐을 때는 런던 풍경을 보여 주었지만, 불을 켜면 런던이 마치 불타오르는 듯한 모습이 나타났다. 나는 그 조명등의 불빛을 보며 평화롭게 잠들곤 했다. 조명등에 불이 켜지면 표면의 그림과 내부의 불빛이 더해지고, 그 두 가지가 더해진 모습이 상상 속에서 하나로 빛났다. 좋은 소설도 이와 비슷하다. 사실 인간의 내면 세계와 외부 세계는 서로 밀접해 있으며 내면 세계에는 외부 세계가, 외부 세계에는 내면 세계가 내포되어 있다. 놀랍게도 이런 내면 세계와 외부 세계는 현실에서 종종 분리되거나 분리된 것처럼 보이는데, 좋은 소설은 이 두 세계를 다시 하나로 만든다.

좋은 소설은 불 켜진 조명등처럼 언제나 가시적이어야 한다. 그러기 위해서는 독자들의 눈에 비친 소설의 표면이 단절 없이 연결되어 있고, 형태가 고르고, 만족스럽고, 완성된 가시성을 갖출 수 있어야 한다.

소설의 가시성이 부분적, 또는 간헐적인 소설은 마치 엘리자[*]가 올라선 깨진 얼음판처럼 위태위태하다. 40마리의 사냥개가 엘리자를 쫓듯 독자는 혼란에 쫓긴다. 발을 옮길 때마다 얼음판 사이로 깊은 의심의 강물이 드러나고, 어느 쪽으로 발을 옮기든 헛디뎌 미끄러질 수밖에 없다. 소설이 아무리 소중한 교훈을 담고 있어도 그것이 독자들에게 전달되기에는 요원하다.

소설은 엘리자처럼 얼음판을 밟고 목적지에 가야 하지만, 그곳까지 가는 길에는 늘 위험이 도사리고 있다. 목적지에 안전하게 가려면 균열 없이 매끈하게 연결되어 있고, 신뢰할 수 있을 만큼 두텁고, 감각과 항시 연결되어 있는 표면이 있어야 한다. 소설의 경험 세계는 이런 표면을 통해 허구의 세계에 한

---

[*] 『톰 아저씨의 오두막』에 등장하는 주인공으로 그녀는 농장에 팔려 갈 위기에 처한 아들 해리를 안고 얼어붙은 강을 건넌다.

걸음씩 다가서야 한다.

　고로 글쓰기의 본분이자 작가의 책임은 현실 세계에서 임의적이고, 무의미하고, 아무 관련 없어 보이는 현상일지라도 그로부터 중요한 무언가를 (그것이 등장인물이든, 사건이든, 배경이든, 분위기든) 이끌어 내는 것이다. 이는 작가가 무엇을 선택하느냐, 또 그 선택을 통해 "현실" 세계를 어떻게 변화시키느냐의 문제다. 작가는 모든 단어를 선택할 때 의식적으로 행동한다. 작가는 마치 숲 속을 지나가며 흔적을 남기듯, 뒤따라올 단어를 위한 흔적을 글에 남긴다. 작가의 선택은 이야기에 무엇이 반드시 필요한지에 기반을 둔다. 모든 선택은 다음에 무엇이 올지 암시하고, 왜 그것인지 설명하고, 무엇이 오면 안 되는지 제한하고, 그 이전에 왜 그런 선택을 했는지 그 의미를 보여 준다. 수많은 작가들이 이야기를 하다 보면 천 분의 일의 확률로 이야기의 선택이 같아질 수도 있지만, 지금까지 어떤 이야기도 완전히 똑같은 길을 간 적은 없었다. 설령 작가가 지나간 숲이 밖에서는 비슷비슷해 보여도, 그 안에는 매번 새롭고 색다른 길이 있다. 그렇다면 작가는 누구의 말을 듣고 길을 선택할까? 작가는 오로지 자신의 마음의 소리를 따른다. 마음의 소리를 듣다 보면 자기 이야기가 중심에서 얼마나 이

탈했는지, 얼마나 가까이에 있는지 스스로 판단할 수 있다. 기능적인 관점에서 설명하면, 이는 소설과 소설의 장소를 하나로 만드는 작업이다. 탐험가가 세계 여행 중에 본 나라들을 임시 지도로 만들듯이, 작가도 소설의 장소를 소설로 만드는 것이다.

좋은 소설 속의 단어 하나하나가 전부 허구인 이유는 소설이 애초에 어떤 목적을 위한 글이기 때문이다. 목적 없는 소설은 아무리 작가의 감정에 충실한 이야기라 해도 시시한 환상에 불과하다. 사실, 소설에서는 환상보다 사실을 이야기할 때 더 많은 위험이 따른다. '사실'은 까딱했다간 이야기에 더 혼란을 주고, 무의미하게 만들고, 모호해지고, 설득력을 잃는 경우가 흔히 있기 때문이다. 그럼에도 불구하고, 소설 속 허구의 세계는 사실처럼 보여야 한다. 이를 위한 좋은 방법이 없을까? 내가 생각하는 가장 쉽고, 무난하고, 솔직하고, 자연스러운 방법은 장소를 생생하게 묘사해 독자의 눈앞에 보여 주는 것이다. 직감적으로 생각해도 이는 좋은 방법이다. 독자가 소설의 장소를 사실로 받아들이는 순간, 작가의 머릿속에 있었던 감정과 생각 ── 작가의 소설에 생명력을 불어넣은 바로 그 감정과 생각 ── 은 장소를 통해 찬란하고 아름답게 빛나기 시작할 것이다.

　소설의 장소는 소설의 감정 세계를 표현하는 사실 같은 공간일 뿐만 아니라, 소설에 등장하는 인물에 현실성을 부여하고 그 현실성을 유지하는 곳이기도 하다. 이는 로렌스 스턴의 소설 『신사 트리스트럼 샌디의 인생과 생각 이야기』의 주인공이 말한 대로, "지구에 사는 우리 인간들은 투명하게 비치는 유리로 만들어진 존재가 아니기 때문"이다. 물론 장소는 투명할 **수도**, 반투명할 **수도** 있다. 하지만 사람은 투명하지 않다. 현실 세계에 사는 우리는 서툰 단어와 불완전한 몸짓으로 우리가 마음속에 품고 있는 생각을 가능한 한 솔직하고 있는 그대로 표현해야 한다. 사람들이 우리의 평상시 행동을 그나마 이해하는 것도 그 행동이 우리와 가까운 사람들에게 익숙한 것이기 때문이며, 그조차도 주변 사람들의 끊임없는 관용과 이해를 필요로 한다. 좋든 싫든 다른 사람들이 보는 우리를 규정하는 것은 우리를 둘러싼 외부 세계이다. 이런 외부 세계는 우리를 혼란으로부터 막아 주는 방패나 우리의 모습이 밖에 드러나지 않도록 가려 주는 가면일 수도 있지만, 반대로 우리를 파괴할 수도 있다. 하지만 무엇이 되었든, 우리가 이런 외부 세계에서 취하는 모든 행위에는 우리의 의도와 의미가 담겨 있다.

그렇다면 작가에 의해 마음속 생각이 낱낱이 드러나 버린 불쌍한 소설 속 등장인물을 생각해 보자. 생각이 모두 드러나 버렸으니 그 생각은 믿을 수 없는 게 아닐까! 하지만 그렇지 않다. 작가는 독자들이 등장인물의 생각을 믿을 수 있도록, 모든 것을 다 알면서도 이야기에 환상을 끼워 넣는다. 허구의 세계가 현실 세계보다 훨씬 까다로운 것처럼, 소설의 등장인물도 현실의 우리들보다 훨씬 더 명료하고 뚜렷하다. 이는 독자들로 하여금 허구의 세계와 허구의 등장인물을 믿게 하기 위해서다. 물론 그렇다고 해서 등장인물의 범위가 제한되어 있다는 말은 아니다. 단지 독자들의 눈에 그렇게 보이는 것일 뿐이다. 가장 사실적인 등장인물일수록 그가 공중 분해되지 않도록 더 많은 사실성을 부여해야 한다는 것은 일종의 법칙과도 같다. 하지만 역설적이게도, 소설의 등장인물을 자세히 바라보면 바라볼수록 그 등장인물은 더욱 사실적으로 보인다. 등장인물의 진정한 크기를 판단하려면 그에게 걸맞은 세계가 기준이 되어야 한다. 이런 관점에서 보면, 장소는 등장인물에 미세한 영향을 미치는 요소로 그 장소에 속해 있는 등장인물을 규정하는 역할을 한다.

소설 속 장소는 소설이 전개되는 과정에서 과거에 경험했던 감정들과 앞으로 경험하게 될 모든 감정들이 집결하는 지점으로, 이름이 있고, 정체성이 있고, 구체적이고, 정확하고, 고로 사실처럼 믿을 수 있는 곳이다. 장소는 감정과 관련성이 있고, 감정은 장소와 밀접한 관련성이 있다. 역사에 대한 감정이 장소와 관련되어 있듯, 역사에 등장하는 장소는 감정을 유발한다. 등장인물과 플롯이 똑같아도 이야기의 장소가 달라지면 그 이야기는 완전히 다른 이야기가 되고, 예술적 가치도 알아볼 수 없을 만큼 달라진다. 마르셀 프루스트의『잃어버린 시간을 찾아서』가 영국 런던을 배경으로, 토마스 만의『마의 산』이 스페인을 배경으로, W. H. 허드슨의『녹색의 장원』이 독일 남서부를 배경으로 한다고 생각해 보자. 소설의 장소적 배경이 달라지면 그 소설에 대한 독자의 감정과 애착은 소설의 시간적 배경이 100년 앞당겨졌을 때보다 더 큰 타격을 입는다. 비유하자면 현실에서든 허구 세계에서든 어떤 장소에 폭탄이 터지면 장소도 사라지고 장소에 갖고 있던 감정이 모두 파괴되는 것과도 마찬가지다. 인간에게 상상력이 주어졌을 때부터 장소에는 정신이 깃들게 되었고, 인간이 한곳에 정착하기 시작하면서부터 인간은 장소에서 신의 존재를 발견했다. 그리고 그때부터 장소는 신이 존재하는 공간, 신이 인간에게 이야기를 전하는 공간이 되었다(신이 뭐라도 이야기를 한다면 말이다).

장소에서 이끌어 낸 감정을 예술로서 표현하는 것은 작가의 천재성이다. 이것이 아니라면, 그저 지도 위 작은 점에 불과한 장소가 어떻게 소설 안에서 열정적인 생명력을 —— 마치 하늘에서 갑자기 환하게 빛나는 샛별 같은 생명력을 —— 얻을 수 있을까? 요크셔를 배경으로 『폭풍의 언덕』을, 미시시피 주를 배경으로 『소리와 분노』를 이끌어 낸 힘이 달리 무엇이었을까?

장소에 생명력을 불어넣는 것이 정말 천재성이라면, 과연 어떤 과정을 통해서일까? 아마도 작가는 어떤 한 장소에 거대하고 왕성한 자신의 시선을 모아 그곳을 응시하는지도 모른다. 이때 시선을 모은다 함은 그 장소를 인식하고, 파악하고, 정리하고, 이해하고, 통찰을 얻는 행동으로 이는 곧 사랑의 속성과도 같다. 시선을 모으는 것이 그 자체로 아름답고 의미 있는 것은 그것이 현실과 허구를 중재하고 감성을 만들어 내는 행위이기 때문이다. 실제로 누구나 움직임을 멈추고 주변을 바라보면, 얼마나 놀라운 일들이 이 세상에서 일어나고 있는지 알 수 있다. 연극은 아주 오래 전부터 시작된 예술 활동이지만, 그 기원을 거슬러 올라가면 연극이 상연되던 극장이 시초다. 청중의 눈과 귀를 즐겁게 해주었던 고대 원형극장이 없었다면 시인은 어떻게 시를 읊고, 청중은 어떻게 그 시를 감상할 수 있었을까? 인간은 오로지 감성과 이성이라는 엄격한 틀 안에서 의사소통을 할 때 자신의 뜻을 피력하고 타인으로부터 자신을 이해받을 수 있다. 감성과 이성은 결국 작가의 시선이 영구히 보존된 상징이다.

장소는 인간의 감성을 불러일으키고, 장소를 세심하게 관찰하는 시인은 시를 낭송하는 장소에서 의미를 찾아 그 의미를 시에 부여하기도 한다. 이런 시는 그 장소에서 만들어진 산물이기 때문에 더 많은 의미를 담고 있으며, 마치 나무가 땅에서 수액을 빨아들이듯 장소에서 의미를 빨아들인다.

하지만 지금은 시보다 산문을 중점적으로 이야기하는 게 좋겠다. 그 어떤 작가보다 소설에서 허구적 요소를 배제했던 작가, "보바리 부인, 그건 바로 나다"라고 말했던 귀스타브 플로베르를 예로 들어 보자. "사실주의" 문학의 대표작으로 일컬어지는 『보바리 부인』에 나타난 플로베르의 시선은 확고하고, 의식적이고, 의도적이어서 소설과 현실이 하나 되는 융합으로 이어진다. 플로베르의 작품은 마치 처음 만들어진 자리에 움직이지 않고 박혀 있는 바위와도 같다. 만약 비평이라는 바위 절단기로 『보바리 부인』을 자르면, 바위의 단면은 바위가 박혀 있는 땅의 단면과 그 질감, 색깔, 성분 면에서 완전히 일치할 것이다. 이는 플로베르 스스로도 알고 있었을 것이다. 이 같은 융합은 위대한 성과이자 의식적인 성과로, 이를 추구한 플로베르의 노력은 그 자체로서 의미가 있다. 잘 알려져 있다시피, 플로베르는 어느 날 조간신문에서 루앙 시를 방문한 목사를 위한 루앙 시 시장의 환영사를 읽고 다음과 같은 편지를 남겼다.

내가 엊그제 『보바리 부인』에 썼던 이야기 그대로였소. ……
생각과 단어는 물론 문체의 리듬까지 완전히 똑같았소. 난 이런 일들을 보며 즐거움을 느낀다오. …… 상상으로 만들어 낸 모든 것이 사실이라는 걸 확실히 알 수 있잖소! 시는 기하학처럼 정확한 것이오. …… 뿐만 아니라, 어떤 지점을 지나면 인간의 영혼에 대해서도 확실하게 이야기할 수 있소. 분명 이 순간에도 고통 받으며 울고 있는 나의 불쌍한 보바리 부인이 프랑스의 여러 마을에 있을 거요.

이제 작가와 장소의 관계, 다시 말해 작가의 관점과 장소의 관계에 대해 생각해 보자. 이처럼 장소가 객관적으로 존재하는 대상에서 주관적으로 존재하는 대상으로 바뀌면, 예상치 못했던 놀라운 변화가 관찰된다.

소설을 쓰는 작가는 하나의 프레임을 통해 장소를 바라본다. 이 프레임은 가운데가 비어 있는 것이 아니라 무언가로 꽉 차 있는 프레임이다. 작가의 관점은 개인적인 경험과 시간이 한데 수렴하는 일종의 볼록렌즈와도 같아서, 시시각각 상상력이라는 태양빛을 받아 감정과 감성을 퍼뜨린다. 작가의 관점은 대상을 증폭해 보여 주는 도구로, 스스로 움직이고, 반응하고, 변덕스럽게 바뀐다. 작가는 오로지 좋은 이야기를 쓰기 위한 목적으로 외부 세계를 선택하고, 여러 외부 세계를 하나로 조합하거나 포개고, 어떤 세계는 제거하고, 뒤섞고, 바꿔야 한다. 이것이 가능하려면 작가는 항상 프레임 안에서 두 개의 이미지, 즉 자기 관점에서 본 이미지와 세상의 관점에서 본 이미지를 동시에 볼 수 있어야 한다. 이 두 이미지를 끊임없이, 자세히, 객관적으로 비교하는 작가는 좋은 이야기를 쓸 수 있다. 작가는 독자들에게 자기 관점이 곧 세상의 관점이라는 즐거운 환상을 보여 줌으로써 그들이 작가의 관점만 볼 수 있도록 하려는 의도 — 또는 작가의 열망이라고도 할 수 있겠다 — 를 갖고 있다. 녹록잖은 일이지만, 해내기만 하면 좋은 이야기를 쓸 수 있다. 짐작컨대 "현실" 세계에 대한 작가의 인식과 민감도가 최고조에 이르렀을 때 작가는 자기 목적에 가장 적합한 것을 선택할 가능성이 크다. 왜냐하면 작가는 사물의 정신을 추구하기 때문이다. 좋은 글은 그 무엇도 부정확하거나, 흐릿하거나, 모호해서는 안 된다. 사물을 처음 인식하고 이를 글로 표현할 때까지, 작가는 명료한 시선을 유지하고 자신의 목적에 철저해야 한다. 물론, 이는 이상적인 상황일 때 그렇다는 것이다.

초보 작가들이 경험을 통해 배워야 할 사항은 바로 관점이 목적이 아니라 수단이라는 것, 관점이 등장인물의 감정과 생각을 비추는 거울이 아니라 그대로 통과시켜 보여 주는 유리라는 사실이다. 명확한 관점은 새로운 사실을 발견하고, 탐구하고, 꿰뚫어보며, 때로는 미래를 예측하는 역할을 한다. 반면, 불명확한 관점은 이야기를 불투명하게 만들어 글의 진행을 방해한다. 좋은 소설은 감정이 한 김 가라앉은 겉모습을 갖는데, 작가 션 오파올레인은 이런 겉모습을 두고 "현실의 베일"이라고 표현했다. 작가가 소설을 완성하고 나면, 소설은 이제 그 겉모습을 통해 작가가 느꼈던 압도적이고 강력하고 힘찬 감정의 자극을 독자와 소통해야 한다. 여기에 삶이 얼마나 그럴듯하게 묘사되는지 여부는 소설의 수명과 크게 비례한다. 소설이 보여 주는 허구의 세계가 독자에게 못 미덥거나 거짓되게 보이면, 그 소설의 수명은 끝난다.

물샐틈없이 철저한 허구의 세계를 구축하는 것은 작가의 최우선적 책임일 뿐만 아니라 모든 소설 장르 글쓰기의 첫 번째 단계이다. 서정 소설과 낭만 소설, "사실주의" 소설은 말할 것도 없고, 그 외의 다른 장르들도 마찬가지다. 아무리 판타지 소설이라도 허공에만 붕 떠서는 곤란하고, 공포 소설도 한 발은 현실에 걸치고 있어야 한다. 가령 검고, 털이 북슬북슬한 난쟁이 유령이 등장하는 M. R. 제임스의 유령 이야기도 영국 케임브리지를 배경으로 한다. 현실을 배경으로 하지 않는 소설은 판타지 소설의 의붓자식 격인 공상과학소설뿐인데, 우주만 배경으로 하는 소설이 과연 우리에게 감동을 줄 수 있을지, 우리의 관심을 오래 사로잡을 수 있을지는 이미 의문스럽다. 가장 지적인 장르로 꼽히는 풍자 소설의 경우 흠잡을 데

없이 완벽한 장소 설정이 급선무다. 풍자 소설이 묘사하는 세계에는 특정한 규칙들이 있다. 가령, 『걸리버 여행기』에서 걸리버가 여행하는 나라들은 작가 조너선 스위프트가 풍자하려는 일부 사상과 학문 제도를 구체적으로 나타낸다. 풍자 소설은 전적으로 허구의 장소를 창조한 뒤 그를 철저히 허물어뜨리는데, 그에 반해 해학 소설은 장소를 매개로 많은 것을 보여 주고 장소 자체에 대해서도 많은 것을 보여 준다. 이는 아마도 해학 소설이 모든 소설 장르 가운데 장소를 가장 있는 그대로 인정하기 때문이 아닌가 싶다.

윌리엄 포크너의 「점박이 말」이 바로 그런 경우다. 이 소설은 포크너의 작품 가운데 가장 유쾌한 이야기인 동시에 미시시피 주의 한 촌락에 대해 우리가 상상할 수 있는 것 이상으로 꼼꼼하고 사실적으로 묘사된 기록이다. 소설에는 촌락의 분위기는 물론 모든 일상생활이 사실적으로 표현되어 있다. 포크너는 종종 허구의 장소를 작품 배경으로 삼았지만, 사실적인 장소를 배경으로 삼을 때도 있었다. 포크너는 마치 총의 가늠쇠를 통해 대상을 바라보듯 한 치의 오차 없이 정확하게 장소를 관찰함으로써 그곳의 일상적이고 낭만적인 디테일을 상세하게 표현하고 사회적 사실을 완벽하게 반영했는데(그곳의 디테일과 사회적 사실을 포크너보다 잘 아는 작가는 아무도 없었을 것이다), 여기에는 포크너의 연민이 있을 뿐 그 어떤 악의도 찾아볼 수 없다. 「점박이 말」에 등장하는 알록달록한 판타지적 요소가 독자들에게 즐거움을 주는 것은 맞지만, 그런 즐거움 속에서 이야기의 희극적 효과가 극에 달할 수 있는 것은 사실적인 장소 묘사가 핵심이자 비결이다.

물론, 포크너는 당시 미국 문학계에서 소설 글쓰기의 장소 설정의 대가로 손꼽혔던 작가였다. 그의 소설에 등장하는 요크나파토파 마을이 그 자체로 하나의 독립적이고 완전하고 웅장한 장소이며 동시에 보편적인 장소가 될 수 있었던 것은 허구 세계의 창조가 포크너에게 가장 중요한 글쓰기 고려사항이었던 탓이다. 나는 미시시피 주 출신이기 때문에, 이처럼 근사한 상상력의 힘으로 만들어진 포크너의 작품이 세밀하고 순수한 묘사의 최고봉이라는 것을 얼마나 많은 사람들이 인정하고 공감하는지 궁금하다. 물론 과장된 묘사인 것은 맞다. 포크너 작품의 특징은 작품의 배경이 현실보다 두 배는 더 진짜 같다는 것인데, 이는 오로지 천재적인 작가만이 할 수 있는 일이다. 「점박이 말」은 실제 일어난 일은 아닐지도 모른다. 실제 일어난 일이었다면, 벌써 다른 작가들이 이야기하려 했을 것이다. 그럼에도 불구하고 「점박이 말」이 위대한 이유는 당장 내일이라도 일어날 수 있는 이야기이기 때문이다. 이 소설은 미시시피 주 작은 촌락에서 오늘 아니면 내일 언제든 일어날 수 있는 이야기로, 이 이야기가 현실에 있을 수밖에 없는 이유는 다양하다. 우리 주변에는 스눕스네 사람들, 리틀존 부인, 착한 래틀리프를 닮은 사람들이 있고, 한숨을 내쉬는 지친 치안 판사, 베란다에 앉아 황혼을 바라보며 즐겁게 떠들고 이야기하는 마을 경찰들을 흔히 볼 수 있다. 강박 관념에 시달리는 헨리 암스티드, 어떤 상황에서도 죽지 않는 끈질긴 생명력을 가진 파란 눈의 소년들도 현실에 다 있을 법한 존재들이다. 절정에 이른 아름다운 봄, 배나무 위에 걸쳐진 달, 나무 위에서 노래하는 흉내지빠귀새, 작은 사탕 가게와 그 가게에서 사탕을 훔치고 또 훔치는 소년도 모두 마찬가지다. 물론 점박이 말은 말할 것도 없다. 점박이 말은 지금 이 순간에도 텍사스 어딘가를 열심히 달리고 있을 것이다. 포크너의 이야기를 읽은 독자라면 누구나 이 모든 것을 주변에서 발견할 수 있다.

포크너는 이 모든 것을 정말로 알고 있었다. 이는 플로베르가 알았던 것과는 또 다른 종류의 앎으로, 굳이 사실적 증거를 필요로 하지 않는 앎이다. 포크너는 처음부터 이 모든 것과 그 이상을 알았고, 좀 더 정확히 말하면 깨달았고, 아니 그보다 더 정확히 말하면 한발 앞서 내다보았다. 그는 자신이 알고, 깨닫고, 미리 내다보았던 모든 것을 글 안에 한꺼번에 표현하고자 했다. 포크너가 가까이 들여다본 그의 소설 속 미시시피, 과거와 지금의 현실보다 두 배는 더 진짜 같은 소설 속 미시시피에 현실에는 있는 무언가가 빠져 있다면, 그런 건 오히려 모르는 게 좋을 수도 있다. 하지만 나는 현실에 있는 사탕 가게 하나조차 소설 속 미시시피에 빠짐없이 다 반영되어 있다고 생각한다. 특히 포크너의 희극적 소설은 그의 비극적 소설에 비해 현실이 모두 반영되어 있다.

현실 세계가 어떤 이야기에 얼마나 정확하게, 구체적이게, 견고하게 반영되어 있는지가 작가가 느낀 감정의 강도와 기분과 상응한다고 보기에는 무리일 수도 있다. 하지만 작가에 대한 우리의 신뢰는 여기에서 시작된다.

현실을 현실처럼 만드는 것은 예술의 임무다. 따라서 작가는 삶을 관찰하는 데 필요한 세련된 감수성을 키우고, 고독하고, 끈기 있고, 타인에 기대지 않고 오로지 자신만이 얻을 수 있는 삶의 비전을 받아들이고 그 비전을 아무 왜곡 없이 지면에 옮길 수 있는 능력을 길러 독자가 자신의 비전을 받아들일 수 있도록 설득하는 것을 스스로의 과제로 삼아야 한다. 우리 독자와 작가들은 작가의 비전이 독자의 비전이 되는 이 연금술 같은 과정을 기꺼이 경험할 수 있는 이 특별한 즐거움에 얼마나 열중하곤 하는가!

그렇다면 장소의 어떤 속성이 소설에서 이야기되는 것일까? 장소의 가장 훌륭하고 명백한 속성, 바로 장소가 주는 물리적인 질감이다. 장소는 작가에게 글의 소재가 될 뿐만 아니라, 작가와 독자를 연결하는 기능도 한다. 장소는 어떤 이야기의 진행 과정에서 이야기의 모든 감정, 믿음, 윤리적 신념의 전류가 흘러나오는 접지선과도 같다. 이런 전류가 흐르려면 발 디딜 수 있는 따뜻하고 단단한 땅, 가볍게 이는 공기, 술렁이는 감정, 은은한 분위기를 매개로 현실을 최대한 현실처럼 표현할 수 있어야 한다. 이야기가 글로 표현되는 과정에서 비현실적으로 보였던 소재는 어느새 익숙한 감정을 전달한다. 삶은 원래 생소한 것이다. 소설은 삶을 더 생소하게 만들지는 않는다. 다만 이야기를 통해 삶을 더 믿음직하게, 더 필연적이게 만들 뿐이다.

장소에 대한 감각은 좋은 글쓰기, 솔직한 글쓰기에 있어 논리성만큼이나 중요한 요소다. 당연히 그들 사이에는 어느 정도 연관성도 존재한다. 우리가 존재하는 장소를 판단하려면 먼저 우리가 존재하는 곳이 어디인지 알아야 한다. 우리는 어떤 장소를 처음 마주했을 때 그 장소에 주의와 관심을 보이고, 그 장소에 대한 우리만의 고유한 인식을 얻는다. 우리는 장소를 탐구하고, 그 장소 안에서 많은 경험을 축적하며, 비판적 능력을 얻는다. 우리가 허공으로 너무 높이 올라가면, 장소는 우리가 현실감을 되찾을 수 있도록 땅으로 끌어내린다. 장소는 마치 사람의 마음처럼 늘 활기차고, 살아 있고, 변화하고, 세상을 비추는 것이기에 그 안에서 언제나 새로운 것을 발견할 수 있다. 어떤 한 장소를 이해하게 되면 다른 장소도 더 잘 이해할 수 있다. 장소에 대한 감각은 평형상태를 만들고, 장소에 대한 감각이 확장되면 방향에 대한 감각도 생겨난다. 우리는 좋은 소설을 읽거나 좋은 소설을 쓸 때 그 이야기에 완전히 매몰되어 버리는 경우가 있다. 하지만 우리에게는 장소에 대한 감각이 있기 때문에 마치 아리아드네의 실타래를 쥐고 있는 것처럼 이야기 속에 들어갔다가도 다시 돌아 나올 수 있고, 다시 제자리를 찾을 수 있다.

단, 장소가 소설의 주제는 될 수 없다. 장소를 통해 주제를 제시할 수 있고, 주제를 마지막 디테일까지 보여 줄 수는 있지만, 장소는 인간이 무엇을 했고, 무엇을 상상했으며, 그의 과거가 어떠했고 그 결과가 무엇인지 시각적으로 보여 줄 수 있을 뿐이다. 오로지 인간의 삶만이 소설의 주제가 될 수 있다.

◇ ◇ ◇

그렇다면 작가는 자신의 고향에 대해서도 이야기해야 할까? 자신의 뿌리가 있는 장소를 소설의 배경으로, 가장 우선적이고 주된 소설의 무대로 삼는 것은 자연스럽고, 합리적인 선택이다. 하지만 장소는 그저 작가가 활용하고 마는 대상이 아니다. 모든 소설이 글쓰기라는 행위를 통한 발견의 결과물이듯, 장소 역시 발견해야 하는 대상이다. 발견은 어떤 장소가 새로운 곳이라는 의미가 아니라, 단지 우리에게 새로운 곳이라는 의미다. 장소는 평탄한 구릉지만큼이나 오래된 존재다. 그곳에는 이미 킬로이의 흔적도 있다.* 발견은 벽에 이름을 남기는 것이 아니라 그 벽이 무엇인지, 그 벽에 무엇이 쓰여 있는지 눈으로 직접 보고 확인하는 것이다.

어느 누구도 "고향에 대해 이야기하라"거나 "고향이 아닌

---

* 참전 미군들은 제2차 세계대전 당시 '킬로이 다녀감'이라는 낙서를 유행처럼 남겼다.

곳에 대해 이야기하라"고 강요할 수 없는 법이다. 작가에게는 자신의 글쓰기에 필요한 그만의 법칙과 조건이 있다. 설령 소설의 배경이 고향이라 해도 작가에게 그곳은 그저 소설 속 장소일 뿐이다. 장소는 작가의 이야기가 전개되는 지도 위의 한 지점, 그의 이야기가 빙글빙글 돌아갈 때 흔들림 없이 고정될 수 있는 축이다. 현실 세계는 이야기가 진행되는 동안 가상의 세계가 평화롭게 이어질 수 있도록 어떠한 권리도 주장하지 않으며, 소설 속 장소가 더 이상 보이지 않을 때까지 존재감을 낮춘 상태로 있다.

소설 작가든 아니든 밖으로 나가 새로운 세상을 관찰하는 것은 삶에 반드시 필요한 일이다. 소설 작가의 경우 익숙함을 벗어나 새로운 세상을 관찰할 의지가 없다는 것은 (그 의지가 정신적인 것이든, 영적인 것이든, 물리적인 것이든) 그가 정신적으로 소심해지고, 빈곤해지고, 퇴보했다는 신호로, 그에게 익숙함은 머지않아 숨 막히는 억눌림이 되고 말 것이다.

작가들은 아는 것에 대해 이야기할 때 가장 좋은 작품을 쓸 수 있으며, 자신이 아는 범위를 벗어나지 않는 것이 그 방법이라고 반론을 제기할 수도 있을 것이다. 하지만 이것이 안전을 위한 것이라면 곤란하다. 비록 마녀가 들려준 이야기긴 하지만, 『맥베스』의 마녀 헤카테가 "자만심은 인간 최대의 적이다"라고 한 말은 새겨들어야 할 조언이다(마녀의 이야기이니 더 새겨들어야 할지도 모른다). 사실, 글쓰기의 정신을 생각해 봤을 때 자만심보다 더 위험한 것이 있을까? 하지만 이미 알고 있는 것을 대상으로 글을 쓰는 것은 자만심과 아무런 관계가 없다. 둘 중에 뭐가 더 위험할까? 나 자신에 대해 아는 것이 없다면 어떻게 새로운 도전을 할 수 있을까? 그 어떤 예술도 위험을 감수하지 않고 창조된 것은 없다. 위험을 감수하고 실험에 도전하는 것은 어떤 일에서 즐거움을 얻을 수 있는 큰 부분으로, 이는 어째서 모든 소설 작가들이 창작에 몰두하는지 설명할 수 있는 유일하고도 단순한 이유이기도 하다.

열린 생각과 예민한 감수성은 지금 있는 곳에서 한 발짝 나아가지 않아도 언제 어디서든 얻을 수 있는 것이며, 운이 따라준다면 열린 생각은 박식한 생각으로, 예민한 감수성은 노련한 감수성으로 발전할 수 있다. 장소를 이해하는 방법은 그 장소를 이해하는 사람의 수만큼이나 다양하며, 이로 인한 영향도 그만큼 다양하다.

이방인의 눈은 우리가 익숙하게 생각하는 장소에서 결정적인 것, 삶의 본질, 중요한 순간과 행위를 발견하고, 이방인이 발견한 것은 그 장소를 영원히 규정하는 특징이 된다. 반면, 어떤 장소를 오래 경험한 사람은 다른 곳에 가서도 마치 언덕 위에서 도시를 내려다보듯 언제든 그의 마음속에 아로새겨진 장소를 떠올릴 수 있다. 캐서린 맨스필드는 고국 뉴질랜드에서 18,000km 넘게 떨어진 영국에 살면서 뉴질랜드에 대한 향수를 표현했던 작품을 쓰며 작가로서의 명성을 얻게 되었다. 제임스 조이스는 비록 몸은 고국을 떠났으나 글을 통해 자신의 고국에 대해 이야기했는데, 그의 이야기를 보면 그가 마지막으로 기억하는 고국의 모습이 있는 그대로 묘사되어 있어 그가 고국에 그대로 있는 게 아닐까 싶을 정도다. 조이스는 아일랜드를 떠나 유럽 대륙에 있으면서 그의 고유한 언어를 사용해 자신만의 소설 세계를 만들었으며, 그의 소설은 그 자체로 전설적인 왕국이 되었다. 우리는 E. M. 포스터의 소설에서처럼 두 장소, 두 나라가 영향을 서로 주고받는 경우도 종종 보게 된다. 이런 소설에서는 두 장소가 함께 언급될 때 그 소설의 주제가 가장 뚜렷하게, 가장 열정적이게, 가장 직접적으로 드러난다.

살다 보면 우리가 태어난 고향보다 왠지 모르게 더 친숙하게 느껴지는 제2의 고향을 발견할 수도 있다. 하지만 우리와 우리가 태어난 고향의 관계는 혈연관계다. 만약 그런 고향이 아무런 의미가 없다면 우리는 다른 어느 곳을 가도 그보다 나은 의미를 찾을 수 없을 것이다. 우리 안에 내재된 나침반이 없으므로, 우리는 어디에 가도 고향을 찾을 수 없을 것이다. 아마 우리는 우리가 무엇을 놓쳤는지 감조차 잡을 수 없을 것이다.

정당한 나름의 이유 때문에 고향에 대해 이야기하지 않는 작가들의 경우, 대부분은 소설 안에서 새로운 장소를 소설의 배경으로 삼곤 한다. 무언가를 거부한다는 것은 그 거부하는 대상이 지닌 힘을 간접적으로 드러낸다. 작가의 고향을 대신하는 새로운 장소가 고향보다 더 엄격하고, 격렬하고, 가혹한 경우가 종종 있는데(더 느슨하고 유연한 경우는 거의 없다), 이는 작가가 필요로 했던 것이 이해가 아닌 체계성, 명확성, 경직성이었음을 보여 준다.

작가 헤밍웨이가 탐구했던 소설 세계는 투우장, 사냥터, 전쟁터처럼 엄격하고 무자비한 공간, 원시성이 종종 존재하는 공간이다. 그곳에는 원초적이고, 무시무시하고, 겉치레가 없는 단순한 주인공들이 있고, 준엄한 규칙과 불가사의한 정의, 불가피한 인과응보의 법칙이 그곳을 지배한다. 그러나 그의 소설이 어떤 곳을 배경으로 하든, **장소**는 전혀 적대적이지 않다. 사람들은 남에게 고통을 주고, 고통에 냉담하고 무감각하며, 공허하고, 잔인하다. 그들에겐 아무 과거도 없고 미래도 없다. 하지만 그들은 장소를 통해 상처를 치유하고, 분노를 잠재우며, 인간이 만들어 낸 공허함을 채운다. 강에서 물고기를 낚고 길에 이름을 붙이는 행동이 연인의 비밀스러운 언어가 될 때, 장소는 적극적으로 사람들의 상처를 치유하고, 사람들은 그에 의식적으로 반응하며, 그곳에는 연인의 정성스런 보살핌, 숨김없는 솔직함, 존경, 즐거움이 있다. 이는 헤밍웨이의 등장인물들이 나누는 조심스러운 대화 안에 비밀스러운 증오의 언어가 암시되어 있는 것과 마찬가지다. 사람들은 익숙한 장소가 아닌 후천적으로 발견되고 선택된 장소에 보다 강하게 반응하고, 그곳을 제외한 다른 장소에 더 큰 거부 반응을 보인다. 이것은 열렬한 애호가의 반응, 후천적인 장소에서 후천적으로 얻어진 반응이다. 헤밍웨이의 단편소설 「깨끗하고 밝은 곳」은 제목부터가 헤밍웨이가 본 인간에게 존재하지 않는 속성으로, 이는 인간이 남들에게서 찾으려 하지만 지금까지 한 번도 찾지 못했고 앞으로도 찾지 못할 전형적인 모습을 암시하는 것인지도 모른다.

우리는 관점이 유일무이하고 불변하는 것이 아니라 심오하고, 대단히 복잡하고, 끊임없이 발전하는 비전이라는 것을 안다. 이런 관점은 달을 관찰하는 망원경처럼 어떤 대상을 단순히 보여 주기만 하는 것이 아니라, 이야기의 소재를 안팎으로 드나들며 보여 준다. 글쓰기란 작가의 독특한 개성의 표현이므로, 글에서 작가의 개성이 드러나는 것은 불가피하다. 그러나 위대한 작품의 경우 작품이 작가의 개성을 초월하기도 한다. 위대한 작가든 초보 작가든 모든 작가들은 소설을 그들의 일부라고 생각하기보다 오히려 그들이 소설의 일부가 되었다는 생각을 종종 했을 것이다.

우리가 뿌리를 둔 장소에 대해 글을 써야 한다는 이야기를 "지역적"인 글을 써야 한다는 말로 받아들일지도 모르겠다. 내가 판단하기로 "지역적"이라는 단어는 부정확할 뿐만 아니라 오만한 의미가 내포되어 있다. "지역적"이라는 말은 어떤 지역에서 이끌어 낸 소재와 그것을 바탕으로 한 예술작품의 차이를 구별하지 못한다. "지역적"이라는 말은 이방인들이 사용하는 말이다. 그 지역 토박이들은 그저 삶에 대해 글을 썼을 뿐이다. 고로 토박이들의 글이 "지역적"이라고 말하는 것은 무의미하다. 제인 오스틴, 에밀리 브론테, 토마스 하디, 세

르반테스, 투르게네프, 심지어 구약 성서를 기록한 사람들 모두 큰 지역이든 작은 지역이든 어떤 한정된 지역을 배경으로 글을 썼다. 하지만 그들의 글이 "지역적"인가? 그렇게 보면 애초에 지역적이지 않은 글이 어디 있을까?

작가가 고향에서 받은 강한 인상을 이야기하는 모든 작품에는 일정한 공통점이 존재한다. 그것은 문학에 영감을 불어넣은 한 줄기 빛이기 때문에, 예리한 비평가들의 눈에만 띄는 미세한 것이 아니라 누구나 그냥 지나칠 수 없는, 잘못 이해할 수 없는 거대한 것이다.

어떤 작품의 원천이 되는 장소를 분명하고, 명시적이고, 직접적이고, 열정적인 태도로 이야기하는 예술일수록 사람들에게 오래 공감을 준다. 우리가 태어난 곳이든, 우연히 또는 운명적으로 가게 된 곳이든, 여행을 다녀온 곳이든 우리는 장소를 통해 뿌리를 내린다. 그 장소가 미국이든, 영국이든, 서아프리카 팀북투이든 그 뿌리가 향하는 곳에는 인간 지성에 양분을 공급하고 인간 지성으로부터 양분을 공급받는 맥(脈), 끝없고 끊임없고 그 무엇도 섞이지 않은 순수한 맥이 깊이 흐른다. 오늘날 작가들에게 주어진 도전 과제는 우리가 물려받은 유산을 어떤 부분도 외면하지 않고 지켜나가는 것이다. 우리가 무엇에 대해 글을 쓰든, 그 주제는 다른 작가들이 과거에 이미 시도했던 주제다. 우리가 어느 장소에 대해 글을 쓰든, 그곳은 이미 누군가 다녀갔던 곳, 더 이상 새롭지 않은 곳이다. 오로지 새로울 수 있는 것은 관점뿐이다. 하지만 이것만으로도 충분하다.

1956년

소설의 언어

우리는 무(無)에서 글을 시작하지만, 언어는 무에서 시작하지 않는다. 이는 우리에게 언제나 중요한 문제다. 우리는 언어 안에서 성장하지만, 똑같은 단어라도 그것을 일상적인 대화에서 구사하는 것과 소설 쓰기에서 구사하는 것은 완전히 다른 일이다. 소설을 쓰기 위해 언어를 구사하는 것은 작가에게 거의 무모에 가까운 어둠 속의 도약이다. 그들은 틀림없이 다른 작가들이 쓴 소설을 읽으며 그들이 시도했던 대담한 도약을 발견하고, 자신도 그처럼 도약할 수 있길 꿈꿨을 것이다. 우리는 독서를 통해 작가와 독자 사이에 얼마나 다양한 수준의 의사소통이 가능한지 깨닫게 되고, 그 깨달음에 도달하면 비로소 소설을 쓴다는 것이 어떤 의미를 갖는지 이해할 수 있다.

사실 글쓰기 학습은 독서 학습의 일부분이다. 내가 알기로 글쓰기는 독서에 대한 강렬한 열정에서 나온다. 깊이 있는 글쓰기는 소설에 대한 열정, 소설을 예술로 대하는 열정에서 나온다(사실 이런 열정에서 나와야 마땅하다). 독서와 글쓰기는 특정 방식으로 사용되는 언어를 통해 우리가 상상이 지배하는 공간에서 상상을 통해 생각과 감정을 경험하는 (평생에 걸쳐 진행되는) 과정이다. 이 과정에서 우리는 무엇에도 구애받지 않고 현실을 보여 주는 힘을 발견한다.

물론 소설 쓰기는 삶에서 출발해 그 삶을 보여 주는 것이 목적이므로 다른 소설을 복제함으로써 학습할 수 있는 성질의 것이 아니다. 글쓰기는 남을 모방하지도, 어떤 방식으로든 다른 것을 차용하지도 않는다. 살면서 각자 터득해야 하는 모든 일들이 그렇듯, 글쓰기를 학습하는 방식에는 정해진 답이 없다. 정답이 나오면 오히려 소설의 시대는 종말을 맞이하고, 소설은 영영 사라져 버릴지도 모른다. 소설이 명맥을 유지할 수 있는 유일한 길은 소설 쓰기뿐이다. 글쓰기가 독서에서 생겨난 것이든 아니든, 더 이상 소설을 쓰지 않는 사회는 소설을 읽지도 않을 공산이 크다.

우리는 자기만의 고유한 방식대로 글을 쓰기 때문에, 남이 쓴 글에서 아무리 배울 점이 많고 심지어 남의 글이 내가 쓴 글보다 훨씬 훌륭하다 해도 실제로 글을 쓸 때는 자신의 서투른 글 안에서 실질적으로 유용한 지침을 얻을 수 있다. 이는 우리에게 '이것이 타당한가?'라고 자문할 수 있는 타고난 능력이 있기에 가능한 일이다.

다른 작가의 작품을 읽고 그를 반추해 봄으로써 소설이 무엇인지 직접 경험하고 이해할 수는 있으나, 이는 어디까지나 **독서**일 뿐 글쓰기와 다르다.

이야기가 궤도에 올라서면 작가는 어떻게 이야기를 쓸 것인지 치열하게 고민한다. 그러다 한 편의 이야기를 완성하고 나면 그 방법을 까맣게 잊어버린다. 이렇게 잊어버리는 편이 현명하다. 모든 이야기는 각자 새로운 이야기이기 때문이다. 다행히도 이야기를 **어떻게** 쓸 것인지의 문제는 추상적인 내용보다는 구체적인 내용, 과거의 내용보다는 지금 현재의 내용이 더 중요하다. 물론 이는 대개의 경우 그렇다는 것이다. 간혹 현재가 혼란에 빠졌거나 '이렇게 했더라면 어땠을까' 싶을 때는 과거를 돌아보는 것이 유용할 수도 있다. 하지만 이는 이미 한발 늦을 가능성이 크다. 이야기 진행에 필요한 통찰력이 이야기가 지나가면서 함께 사라지기 때문이다.

이는 당연한 논리다. 한 편의 완성된 소설은 고유의 의미를 전달할 책임이 있으며, 그 안에 고유의 기억을 담고 있어야 한다. 완성된 소설은 작가의 손을 벗어난 존재로, 마치 우체통에 넣은 편지처럼 이제 작가보다는 독자와 더 가까이에 있다. 운이 좋은 작가라면 그가 쓴 소설은 고유한 정체성을 가지고 한동안 명맥을 유지하다 어느 순간 빛을 바랠 것이다.

현실적인 비유를 들어 이 같은 소설 쓰기의 현실을 설명해보겠다.

어렸을 때 하루는 켄터키 주에 있는 매머드 동굴을 관람하러 간 적이 있었다. 나는 이런 구경을 하는 게 그다지 내키지 않았다. 우리는 가이드의 지시로 시커먼 동굴 입구 앞에서 발걸음을 멈추었고, 차가운 어둠 속에서 이제 무슨 일이 일어날까 생각했다. 그때 갑자기 한 줄기의 빛이 나타났다. 우리는 마치 프리즘 안에 들어가 있는 듯했다. 동굴은 무지갯빛으로 가득했고, 그밖에 다른 것은 아무것도 없었다. 우리는 물론 가이드도 휘황찬란한 빛에 압도되어 있었다. 내 기억에 그것을 보고 '별거 아니네!'라고 말했던 사람은 아무도 없었다. 시간이 지나자 동굴 바닥으로 시커먼 강물이 흐르는 것이 눈에 보였다. 아마도 동굴 벽에서 흘러나오는 강물 같았다. 그때 강물 위로 노 젓는 배가 한 척 나타났다. 배 안에는 우리와 다를 바 없이 시골티 나는 모자를 쓴 한 무더기 사람들이 조용히 앉아 있었다. 한껏 들뜬 모습의 그들은 배를 타고 동굴 벽 저편으로 지나갔다. 짐작컨대 우리보다 비싼 투어 프로그램을 신청한 사람들 같았다. 가이드는 우리가 서로를 말없이 바라보는 모습을 보고는 우리에게 박쥐 이야기를 들려주기 시작했다. 그는 이 동굴에 사는 박쥐의 정확한 개체수는 알 수 없으며, 박쥐가 1.6킬로미터 넘게 구불구불 이어지는 굴뚝 모양의 바위 안을 날개 하나 건드리지 않고 날아다닌다는 이야기를 줄줄 읊었다. 그가 완벽하게 외워 둔 이야기를 하는 동안 우리 앞에는 박쥐 한 마리 얼씬하지 않았다. 그때 동굴을 비췄던 빛이 사라졌다. 마치 입장료를 내고 들어간 관광지에서 볼거리를 다 보고 나온 기분이 들었다. 물론 동굴 구경이 여기서 끝은 아니었지만, 이 글에서 이야기할 바는 아니다. 우리는 또다시 축축하고 춥고 자기 발조차 보이지 않는 깜깜한 어둠에 둘러싸였고, 나는 부모님께 동굴 관람이 영 지루할 것 같다고 말

씌우렸던 것이 퍽 옳은 생각이었음을 깨달았다. 그때 나는 빛이 사라진 어두운 동굴 안에 보이는 것 이상의, 또는 그 이하의 무언가가 있을 수도 있다는 사실을 전혀 알지 못했다.

소설은 이런 동굴이 아니다. 동굴은 그저 현실에 등장하는 소재에 지나지 않는다. 내가 위에서 동굴 이야기를 한 까닭은 소위 글쓰기의 원재료에는 작가의 **원재료에 대한 해석이 동반되지 않음**을 설명하기 위해서다. 인간의 이해 ── 이는 인간이 서로를 이해하기 위한 상호적인 행위다 ── 가 동반되지 않은 경험은 극도로 공허할 뿐이다. 깜깜한 어둠이든 무지갯빛이든 사람의 이해가 개입되지 않은 경험은 지루한 동굴만큼이나 아무런 의미가 없다. 어떤 의미가 존재하려면 개인적인 시각이 경험에 반영되어야 한다. 소설가가 소설을 쓸 때, 독자들이 소설을 읽을 때 소설에 투사하는 것이 바로 이런 개인적인 시각이다.

내가 소설을 너무 신비화한다고 생각할지 모르겠으나, 사실 소설은 이보다 훨씬 더 신비한 대상이다. 지금 나는 플롯, 등장인물, 배경에 대해 언급하는 게 아니다. 이런 대상들은 노력하면 얼마든지 잘 만들어 낼 수 있다. 불가사의한 것은 언어를 사용해 우리네 삶을 표현하는 일이다.

그렇다면 작가들은 이런 불가사의함에 해답을 제시하는가? 그렇지 않다. 작가는 완전히 반대편의 입장에 있다. 현실적으로 말하면, 작가들은 불가사의함을 재발견한다. 심지어 작가들은 불가사의함을 유리하게 이용하기도 한다.

　　잘 알려진 바와 같이 여러 문학 비평을 통해 이런 불가사의함을 해소할 수 있다. 이러한 비평에는 소설을 다른 언어로 옮기는 일종의 통번역과 유사한 면이 있다. 우리가 이해하지 못하는 아랍어 말을 통역을 통하면 이해할 수 있는 모국어로 들을 수 있듯이, 우리는 비평을 통해 불가사의한 이야기를 이해한다. 하지만 여기에는 반드시 유보 조건이 따라야 한다. 여기서 유보라 함은 비평의 훌륭함이나 가치를 유보하라는 말이 아니라 비평을 적용하는 시기와 장소를 유보하라는 의미다. 한창 이야기를 읽고 있는 독자에게 "다른 말로 하면"이라고 설명을 덧붙이는 것은 작가에 대한 진정한 — 즉, 창의적인 — 이해에 도움을 주기보다 오히려 방해하는 성격이 더 크다. 심지어 이는 작가가 세심하게 마련해 둔 연결고리를 끊어 먹기도 한다.

　　소설의 목적은 작가가 선택한 인간의 삶 중 일부분을 일부 관점에 따라 보여 주는 것이다. 작가는 소설 한 편을 만들어

내기 위해 일 년 또는 그 이상의 시간을 집필에 투자하며, 완성된 소설은 그 소설을 읽는 독자의 삶에 찾아가 무언가의 존재가 된다. 이는 작가와 독자 사이에 주고받음이 이루어지는 실로 엄청난 기회다. 이는 적어도 소설의 영역에 있어서는 작가의 말을 "다른 말로" 부연 설명할 수 없음을 뜻하는 게 아닐까? 소설이 진정 중요한 것이라면 ─ 소설은 많은 작가와 독자들이 관여하는 실로 중요한 것이다 ─ 소설이 진행되는 동안 다른 부연 설명이란 있을 수 없다.

소설을 쓰는 작가들이 짚고 넘어가야 할 사실은 글쓰기에 대해 학습한 대부분을 소설의 관점에서만 적용할 수 있다는 것이다. 소설은 우리가 소설 쓰기에 대해 알고 있는 바로 그것이다.

소설을 해체해 시작점으로 되돌리는 것은 그저 방향을 상실하는 일이 아닌, 아예 무의미한 짓이다. 세상에는 한 번 완성되면 다시 되돌릴 수 없는 사물들이 있는데, 나는 소설이 그중 하나라고 생각하고, 또 그러기를 바란다. 집필 중인 소설에 대한 작가의 인식은 소설이 끝날 때까지 유동적으로 변한다. 작가의 인식이 점차 달라짐은 물론, 소설을 시작할 때 갖고 있었던 인식과 소설을 마친 후의 인식에도 차이가 발생한다. 이런 차이는 우리가 당연하게 생각하는 인식의 양적인 차이가 아니라 인식의 종류에 있어서의 차이다. 소설의 대상에는 아이디어가 담겨 있다. 아이디어란 독자와 작가가 어렴풋하지만 자유로운 일상 속에서 상상을 통해 공유하는 무언가다. 문제는 아무리 우연일지라도 같은 아이디어를 다른 문장으로 똑같이 되풀이할 수 없다는 사실이다. 작가도 같은 소설을 똑같이 두 번 쓸 수는 없다. 소설을 직접 퇴고했다가 퇴고한 내용을 취소하고 원래대로 돌려놓으려 한들, 작가가 한번 쓴 글을 처음으로 되돌릴 수는 없다. 그 소설은 이미 한 정거장을 지나친 셈이다. 독자 역시 단 하나뿐인 작가의 목적지를 향해 작가가 설정해 둔 경로를 따라간다. 이는 구불구불 특이하게 생긴 길을 지나는 온전히 개인적인 여정이다.

소설을 쓰는 작가에게는 작가로서의 경험이, 소설을 읽는 독자에게는 독자로서의 경험이 발생한다. 이는 한 사람이 아닌 여러 사람의 생각과 감정이 관여되는 과정이다. 이때 독자들은 소설이 약속하고 제시한 이야기에 매료되어 훌륭한 소설이 우리의 앞날을 밝혀 줄 수 있길 바라기도 한다. 작가는 갖은 수단과 방법을 통해 이야기를 **암시적**으로 보여 주며, 독자는 그 암시를 이해함으로써 작가가 **명시적**으로 보여 주었다면 가능했을 이야기 그 이상을 직접 경험한다. 작가들만큼은 예외적으로 "다른 말로" 이야기를 설명해 온 것이 바로 이런 연유 때문이다.

고로 모든 소설은 하나의 상징으로 이해하는 것이 바람직할 수 있다. 아닌 게 아니라 흔히들 소설은 상징이라고 말한다. 물론, 소설은 소설이라는 하나의 큰 상징 안에 존재하는 것이지 여러 가지 작은 상징들이 모여 소설을 이루는 것은 아니다. 비유하자면 소설은 달걀이 아니라 닭이고, 좋은 닭이 먼저 생겨나 좋은 달걀을 낳은 것으로 이해할 수 있다.

상징은 우리의 일상적인 삶과 분주한 의사소통 —— 의사소통이 항상 이루어지는 것은 아니지만 —— 곳곳에 분명히 존재한다. 또 상징은 우리의 일상적인 대화와 행동에 자연스럽게 배어든다. 뿐만 아니라, 상징은 소설은 물론 모든 종류의 예술에 합당한 요소로 예술의 목적에 부합하기만 하다면 다른 예술적 장치들과 마찬가지로 선호되는 요소다. 상징은 어떤 작품에서 직접적으로 비롯되어야 하고, 그 상징의 생명력을 계속 유지해야 한다. 상징을 위한 상징은 가짜 상징에 불과하며, 상징을 눈에 잘 띄게 만들었다고 해서 독자들이 그 의미를 빨리 파악하는 것도 아니다. 이야기에서 각각의 상징이 차지해야 할 비중을 벗어나는 경우에도 상징은 그 목적을 달성하지 못한다. 아무리 생명력 있는 상징이라 해도 상징 자체가 그 상징을 통해 보여 주고자 하는 감정적 현실보다 눈에 더 띄어서는 곤란하다. 가령, 소설『모비딕』에서 모비딕이 반드시 흰 고래일 수밖에 없었던 것은 모비딕이 거대함과 맹렬함의 상징이었기 때문이다.

오늘날 작가들의 글에 나타난 대부분의 상징은 (아무리 세심하게 사용된 상징이라도) 마치 인디언들이 들판 위에 피우던 연기 신호처럼 독자의 눈에 쉽게 띄는 경향이 있다. 상징을 사용하고 상징을 찾아내는 것이 버릇처럼 흔한 일이 되었다. 그 결과 한 편의 소설에 등장하는 모든 단어들이 마치 상징처럼 이해되고 상징은 별 의미를 암시하지 못하는 존재가 되어 버렸다. 상징은 상상력이 개입되어야 하며, 더 많은 상상력에 불을 당길 수 있어야 한다.

상징보다 더 강력한 것은 어떤 감정이 우리 마음 깊은 곳에서 현재 진행형으로 느껴지는지 명백하게 이해하는 일이다. 사실 어떤 상징에 감정적 가치를 부여하는 것은 그 상징이 주조될 때 작가가 경험했던 자연스럽고 순수한 감정이나, 이러한 감정은 시간이 지나면서 점차 평범하게 변한다.

안톤 체호프는 단편소설 「부활절 전야」에서 별과 별 사이에 손가락 하나 들어갈 틈조차 없이 별들로 가득한 하늘에 대해 묘사했다. 체호프는 이 대목을 통해 우리에게 그냥 밤하늘이 아닌 **그날의** 밤하늘을 보여 준다. 상징이 작가와 독자에게 동일한 의미를 가지려면 보다 많은 독자들이 소설에서 다루는 경험을 함께 해야 한다. 하지만 거위 알처럼 큰 별들과 삼씨처럼 작은 별들이 어우러진 체호프의 하늘은 지금도 그의 소설에 묘사된 모습 그대로 존재한다. 그리하여 우리는 체호프가 바라봤던 바로 그 밤하늘, 상징 그 이상의 것을 체호프의 책을 읽을 때마다 경험하게 된다.

독자와 작가가 소설을 통해 의사소통하는 방식은 대개 그 규모가 작고(단어 하나면 충분하다), 아무런 예고가 없고, 그 중요성을 고려했을 때 사람들이 생각하는 것보다 덜 직접적으로 이루어진다. 독자가 소설의 플롯을 따라가는 것, 플롯을 예측하는 것, 등장인물에 동의하는 것, 등장인물의 행동을 예상하는 것, 심지어 등장인물을 인용하는 것은 작가와의 의사소통이 아니다. 상징을 중요하게 해석하는 것, 소설의 배경과 분위기에 이끌려 소설의 세계를 간접 체험하는 것 역시 의사소통이라 할 수 없다. 의사소통은 다른 무엇들과 상관없이 독자가 작가를 신뢰하는 순간에 일어난다.

그렇다면 이 모든 것의 핵심은 타당성일까? 독자가 소설을 읽으며 "정말 그럴듯하네! 나도 똑같이 생각했거든"이라고 생각했다면 과연 그 글은 성공적인 이야기일까? 하지만 타당성이 떨어져도 이야기 자체는 여전히 유효하며, 심지어 이야기에 아무런 영향을 주지 않는다. 또한 독자와 작가의 생각이 같다고 하여 그것이 언제나 신뢰를 주는 것도 아니다.

총을 한 번도 잡아 보지 않은 독자라면 윌리엄 포크너의 「곰」에 나오는 곰 올드벤의 가죽에 52개나 되는 총알이 남긴 응어리가 있지만 곰의 생명에 아무런 지장이 없었다는 대목을 썩 타당하지 않다고 생각할지도 모른다. 하지만 짐작컨대 이야기에 완전히 몰입한 독자라면, 올드벤을 올드벤답게 만드는 것은 바로 이 오래된 52개의 총알이고, 가죽에 52개의 총알이 박혀 있지 않은 곰은 올드벤이 아니라고 생각할 것이다. 올드벤과 올드벤의 가죽에 박힌 총알은 소설 속에 존재하는 진실, 윌리엄 포크너가 이야기하는 특별한 진실의 일부분이다.

타당성이 신뢰를 좌우하는 것은 아니지만, 어떤 수단을

통해 어느 정도의 정당성 —이는 물론 주관적인 정당성이다— 을 확보하는 것이 소설을 신뢰할 수 있는 예술로 만든다는 점은 분명해 보인다. 이 같은 신뢰성은 작가로부터 직접 비롯되는 것이다. 결국 이는 소설 쓰기에 있어 작가가 해야 할 몫이며, 다른 누구도 모방할 수 없는 부분이다. 모든 작가는 이런 방법을 통해 **독자들이 자신을 신뢰하게 만든다.** (작가는 자신을 신뢰하라고 요구하지도, 강요하지도 않는다.)

소설의 소재는 작가가 어찌할 수 있는 대상이 아니다. 작가는 자신이 태어난 곳과 태어난 시기를 마음대로 정할 수 없고, 이 세상 어느 곳에서 누군가와 어울려 어떻게든 삶을 꾸려야 하고, 글을 쓰고자 한다면 그 역사와 시대를 견디며 그 안에서 살아남아야 한다. 하지만 소설을 쓰는 것은 이러한 현실에서 도피하기 위해서가 아니라 오히려 그 현실을 자세히 파고들기 위해서다(물론 현실을 파고듦으로써 약간의 현실 도피를 달성하기도 한다). 이처럼 소설의 소재는 불가피하게 주어지는 것이지만, 주제는 작가가 스스로 선택할 수 있다. 때가 되면 주제가 작가를 선택한다는 표현이 있는데, 이는 그저 말장난에 불과한 표현이 아니다. 소설의 주제를 발견하는 것은 마치 어두운 방에서 의자에 걸려 넘어지는 것처럼 우연하게 생겨나는 일이다. 물론 양팔을 벌리고 자신에게 우연이 찾아오길 기다리는 작가들도 있으며, 이런 작가들에게는 결국 우연한 일이 생겨난다. 작가의 마음속에 소설의 주제가 누적되고 축적되어 그것을 글로 쓰지 않고는 못 배기는 경우도 있다. 작가는 상상력에 몸을 맡기고, 자신이 이해한 대상에 이름을 부여한 뒤, 그것을 "다른 말로" 표현한다.

이처럼 작가가 주제를 선택하고 나면 그 이후부터는 어떤 것도 글쓰기에 대한 작가의 이해를 가로막을 수 없다. 글쓰기 과정에서 가장 중대한 단계는 작가가 주제에 몸을 맡기는 일이다. 주제를 선택했다는 것은 이 단계가 지나갔다는 의미다. 작가가 불안감을 느끼는 것도 매우 자연스러운 현상이다. 작가에게 소설은 낯선 대상이 아니지만, 때때로 작가는 소설과 자신과의 관계가 무자비할 정도로 정직하다고 느낄 수 있기 때문이다.

작가의 영감은 아마도 작가 개인의 절박함 — 그것이 고통스러운 절박함이든 즐거운 절박함이든 — 에서 나왔을 가능성이 크다. 모든 종류의 절박함은 작품의 영감이 된다. 하지만 그 절박함이란 오직 한 사람의 작가만이 표현할 수 있는 것으로, 그것은 작가가 일상의 현실 속에서 터득한 대상이자 작가의 마음을 사로잡은 대상이며, 작가가 느끼고, 생각하고, 만들어 낸 무언가를 글로 원하는 대로 표현할 수 있지만 목표에 도달하지 못한 데서 오는 절박함이다. 작가는 다른 책이나 다른 이야기, 다른 작가의 글, 심지어 자기 자신이 예전에 썼던 글을 기준으로 자신의 소설을 검증할 수 없다. 작가는 오로지 그가 피부로 느끼는 삶을 기준으로 자신의 글을 검증해야 한다. 작가는 그렇게 **원하는** 목표에 도달하고, **원하는** 것을 표명한다.

아닌 게 아니라, 소설은 작가가 원하는 것을 표명한다. 우리는 소설을 통해 이 세상을 어떻게 바라보는지에 대한 작가의 관점을 이해할 수 있다. 소설을 읽다 보면 작가가 삶과 죽음을 어떻게 바라보는지, 사람들이 자기 자신뿐만 아니라 타인에게 어떤 의미를 갖는 존재인지, 작가가 아름답고, 이상하고, 끔찍하고, 불합리하다고 생각하는 대상이 무엇인지, 작가에게 있어 삶에 꼭 필요한 것은 무엇인지, 작가가 시각, 청각, 촉각, 후각을 통해 파악한 세상의 모습이 어떤 것인지가 각자의 대목을 통해 드러난다. 소설이 진행되면 될수록 작가가 어떻게 자신의 소설에 질서와 체계를 부여하는지가 보다 명확해진다. 그리하여 소설이 끝날 즈음에는 작가가 이야기한 질서와 체계를 이해할 수 있게 된다.

물론 작가는 이 모든 것을 예전부터 알고 있다. 작가도 한때는, 그리고 지금도 **독자**이기 때문이다. 뿐만 아니라 작가의 관점에는 그의 모든 과거가 담겨 있다. 소설의 주제가 무엇이든 소설은 작가가 평생 동안 경험했던 감정의 역사다. 작가는 독자인 우리들에게 그의 관점에서 세상을 봐줄 것을 부탁한다. 우리는 그의 관점에서 볼 수 있는가? 작가는 무엇에 대해 열정을 갖고 있는가? 그것은 과연 솔직한 열정인가? 우리는 소설의 첫 페이지부터 이 질문에 대한 해답을 알고 있다. 어떤 이유에서인지 솔직함은 소설을 읽는 독자가 잘못 이해하려야 잘못 이해할 수 없을 만큼 분명하게 전달된다.

그렇다고 해서 우리가 결코 모든 것을 — 한 소설 전체를 — 속속들이 이해하는 것은 아니다. 이는 위대한 소설에만 해당되는 이야기가 아니다. 우리가 어떤 사람을 전부 다 알 수 없는 데에 여러 가지 이유가 존재한다는 것과 별개로, 아무리 사람이 쓴 소설도 완성되고 나면 개인의 차원을 넘어선 예술이 되기 때문이다. 사실 작가가 처음부터 의도했던 바도 바로 이런 것이다.

이상적으로 봤을 때 소설은 상당히 개인적인 동시에 객관적인 존재다. 소설은 오로지 한 사람만이 쓸 수 있는 것이지만, 그렇다고 해서 반드시 그 사람에 대한 이야기일 필요는 없다. 내 생각에 산문으로서의 글쓰기를 객관적이게 만드는 요소는 바로 작가의 문체이다(어떤 문체인지는 사실 중요치 않다). 문체는 작품에 불쑥 나타나는 것이 아니라, 개별적이고 독립적인 작품을 만들기 위해 작가가 선택한 모든 수단의 집성체다. 우리는 사실 태생적으로 주관적인 존재들이라 객관적인 것이 무엇인지 시간이 지나면서 터득해 나간다.

문체는 상당히 의식적인 노력으로 만들어진 결과물이지만, 작가는 사람들이 자신의 문체를 어떻게 볼까 의식하지 않는다. 미적인 요인을 차치하고서라도, 사람들의 시선을 의식할 이유는 전혀 없다. 대포가 발사되면 연기가 피어오르고, 물고기가 수면 위로 떠오르거나 수면 아래로 내려가면 그 자리에 둥근 고리가 나타나듯 작가의 진지한 노력이 담긴 글에는 작가 고유의 문체가 드러난다. 나는 작가의 문체가 아무리 훌륭하다 한들 문체로 인해 작가가 특히 칭송받을 이유는 없다고 생각한다. 작가의 입장에서는 자신이 꼭 이야기하고 싶었던 바를 글로 표현하기 위해 자신만의 문체를 찾는 것이 불가피했을 것이다. 문체에 대한 칭찬보다는 문체에 대한 독자의 이해 — 문체를 작가와 독자가 의사소통을 시도하는 방법으로 이해하거나, 또는 의사소통의 증거로 이해해야 한다 — 가 보다 중요하다. 작가와 독자 사이에 실제로 의사소통이 일어나면, 작가의 문체는 단순히 칭찬거리 이상의 중요한 의미를 갖는다.

소설의 소재는 일반적인 현실 속에 존재한다. 작가는 자신의 감정이 이끄는 대로 소설의 주제를 선택한다. 작가가 전개하는 관점은 결국 자기 자신의 관점을 초월하는 것이 목적이다. 문체는 특별한 무언가를 — 그 특별한 무언가란 불가능한 것일 수도 있다 — 추구하는 과정에서 얻어진다. 그렇다면 이제 형태에 대해 이야기해 보자.

소설의 형태란 실로 놀라운 것이며, 더욱 놀라운 것은 소설을 읽는 독자들마다 각각 느끼는 형태가 서로 다르다는 점이다. 이러한 형태를 말로 설명하기란 쉽지 않다. 형태란 소설과 사람들의 마음속에는 구체적으로 존재하지만 소설 밖을 벗어나면 묘사하기 어렵고, 내가 묘사할 수도 없는 것이다. 형태는 느낌으로 전해지는 무언가다. 작가가 글을 쓸 때, 독자가 글을 읽을 때 무언가가 진행되고 있다는 그 느낌이 바로 형태다. 독자가 소설을 다 읽고 나면 소설과 독자와의 인연은 거기서 끝나는 것이 아니라 독자의 기억 속에 전체적인 형태를 남긴다.

조각을 예로 들면, 형태란 조각가가 돌에 남긴 흔적이기 때문에 누구나 형태의 정체성을 확연하게 볼 수 있다. 반면 소설은 독자의 눈앞에 펼쳐지는 단어들의 집합체로 이는 하나의 순서, 하나의 방향에 따라 서서히 누적된 결과다. 이 과정에는 시간이 개입된다. 소설의 단어들은 이야기할 수 있는 것과 이야기할 수 없는 것의 끊임없는 관계를 이야기하며, 고요함 속에서 소설을 읽는 독자에게 소설 속 세상에서 벌어지는 혼란의 소리를 들려준다.

소설의 이야기가 물론 촉각적으로 진행되는 것은 아니다. 이렇게 말하면 분명 D. H. 로렌스의 소설을 예로 들어 마치 말의 목덜미를 쓰다듬는 손길처럼 촉각적 이미지가 강한 이야기도 있다고 반박하는 사람들도 있을 것이다. 소설의 형태는 꼭 형식적일 필요가 없고, 실제로 형식적인 경우도 그리 많지 않으나, 헨리 제임스처럼 소설에 형식성을 부여하길 좋아하는 작가도 물론 있다. 사람들이 느끼는 감정의 범위와 특징이 수없이 다양한 만큼 소설이 취할 수 있는 형태의 종류에도 제한은 없다.

형태는 소설을 다 읽은 독자에게 고유한 인상을 심어 줌으로써 독자가 그 안에서 삶의 밑그림, 어떤 미적인 질서를 발견할 수 있게끔 해야 한다. 소설의 한쪽 끝에 있는 독자의 눈앞에 질서, 형태, 형식이 드러날 때 소설은 소설이 선사할 수 있는 가장 위대한 선물인 '감동'을 남긴다. 이야기가 진행되는 중간에 독자가 감동을 느꼈을 수 있으나, 지금까지 읽었던 내용의 진가를 이해하기 위해서는 이야기 전체가 주는 감동이 무엇인지 알아야 한다.

　작가의 관점에서 형태란 작품 자체와 가장 긴밀하게 연관된 것이자 소설이 진행되는 과정이다. 반면 독자의 관점에서 형태는 인식과 연관된 것이다. 형태는 우리가 소설을 읽는 동안 어떠한 감정의 세계를 거쳐 갔는지 인지하고 기억하게 만들어 준다. 작가와 독자의 마음 한편에 질서의 아름다움에 대한 뿌리 깊은 인식이 있을 때, 질서가 생겨나고, 성장하고, 그 성장이 다했다는 인식이 존재할 때 우리는 형태에서 감동을 얻는 것인지도 모른다.

　독자는 작가의 손이 빚어낸 작품의 형태를 통해 다른 누구와도 비교할 수 없는 작가만의 고유한 감정에 대해 최대한 가까이 다가가 이해할 수 있게 된다. 어떤 질서를 통해 삶을 바라보는지는 작가들마다 다르다. 고로 형태는 주관적이게 만들어지고 주관적이게 마무리된다. 우리 모두 서로 상이한 존재이듯 작가와 독자의 생각도 상이할 수 있지만, 작가와 독자 사이에 어떤 관계가 존재한다는 중대한 사실에 비하면 이러한 상이함은 이상할 것도 없고, 중요하게 생각할 것도 없다. 우리의 독서 경험은 이러한 작가와 독자 사이의 의사소통이 얼마나 놀라운 것인지 증명한다.

독자 입장에서 이러한 질서 혹은 형태는 책의 마지막 장을 덮고 이야기를 반추하는 순간 비로소 이해할 수 있는 것이지만, 작가는 소설을 시작할 때부터 이 모든 것을 이해하고 있었다. 작가를 제외하고는 어느 누구도 형태에 대해 알지 못하며, 알았다 하더라도 작가에게 이야기해 주거나 가르쳐 줄 수는 없다. 소설을 집필할 때 작가는 다른 누구의 말에도 귀 기울이지 않는다. 작가는 오로지 자신의 마음속에 귀하게 간직해 온 거푸집을 사용해 자신의 작품을 주조할 수 있다. 작가의 머릿속에 밀려들어 오는 수없이 많은 다른 이야기, 현실에 존재하지 않을 법한 등장인물, 한순간 번쩍이다 이내 빛바랜 사건, 수면 아래로 가라앉은 대화, 일상의 일부분은 마땅히 포기되어야 한다.

우리는 소설이란 무엇인지 기억해야 한다. 소설은 상상을 위해, 상상에 의해 만들어진 것으로, 환상으로 시작해 환상으로 끝나는 —— 세상만사 많은 이야기를 다루고 있음에도 불구하고 매우 배타적인 —— 이야기다. 소설가는 전적으로 환상을 위해 자신의 모든 것을 걸고 어둠 속의 도약을 시도하며, 예술의 목적은 이러한 환상으로 하여금 인간의 진실을 보여 주고 인간의 진실이 되는 것이다.

작가는 이 모든 것을 이해하고 새로운 도약의 출발점에 선다. 그리고 기적과도 같은 소설의 첫 문장을 종이 위에 써 내려간다.

1965년

소설가와 비평의 의무

얼마 전, 한 유수의 매체에 윌리엄 포크너는 "어쨌든 미시시피 주 출신의 백인에 불과하므로" 그의 작품을 재평가해야 한다는 비평이 실렸다. 비평을 읽고 나니, 포크너가 그의 한평생 소설과 단편 소설에서 "내 고장" 미국 남부에 대해 이야기한 것을 독자들이 더 이상 곧이곧대로 받아들일 수 없는 게 아닐

---

* 유도라 웰티는 이 수필에서 현실 사회를 비평하는 사람들을 crusader, 즉 십자군 운동가로 표현하였으나, 본 번역에서는 문맥상 '비평가'로 번역하였다.

까 싶은 생각이 들었다.

포크너가 집필한 대부분의 작품이 비판적 성찰을 담고 있다는 점과, 지난 40년간 그를 "평가"할 수 있었던 소수의 비평가를 제외하고 그의 비판적 성찰이 남부와 북부의 모든 비평가들로부터 주목받지 못했다는 점을 고려하면 우리는 이 비평가의 말에 큰 의미를 두지 않아도 될 것 같다. 또는, 이 비평가는 불멸의 작품으로 남을 우월하고 훌륭한 존재를 깔아뭉개려는 본능으로 그런 말을 했는지도 모른다. 하지만 그의 이유가 무엇이었든, 나는 이런 비평가들의 말에서 우리 시대의 고뇌를 발견한다. 이런 고뇌는 모든 작가들에게 지금보다 더 나은 세상을 만들 수 있는 기회가 주어지며, 그 기회를 활용하지 못하는 작가는 엉망이 된 현실에 대한 비난을 죽을 때까지 피할 수 없다는 솔직하고 납득할 만한 열정에서 나온 것이다. 뿐만 아니라, 특히 이번 비평은 소설의 진정한 신뢰성에 대한 문제이기도 하다. 물론 이런 고매한 비평가들이 소설을 비판한 것이 이번이 처음은 아니다.

내가 언급한 비평가가 포크너의 소설을 읽고 미국 남부의 현실을 알게 되었다 해도 나는 그리 놀라운 일이 아니라고 생각한다. 그것이 사실이든 아니든, 내가 비평가에게 하고픈 말이 바로 그것이기 때문이다. 우리가 어떤 작가의 신뢰성을 판단할 수 있는 모든 증거는 그 작가의 현존 여부를 떠나 그 작가의 작품 내용 안에 있다. 원고를 제본한다고 해서 원고의 신뢰성이 달라지지 않듯, 작가가 특정 인종이라고 해서 작품의 신뢰성이 달라지지는 않는다. 작품의 진실성은 사라질 수도, 감출 수도, 거짓으로 꾸밀 수도, 소멸할 수도, 인위적으로 만들 수도, 수명을 늘릴 수도, 끝까지 부정할 수도 없는 존재다. 오늘의 진실성은 어제의 진실성과 동일하고 내일의 진실성과도 동일하다. 진실성은 시간의 영향을 받지 않는다.

소설가와 비평가의 활동 영역은 각각 소설과 신문 사설이다. 그들의 의견이 서로 일치하든 일치하지 않든 소설가와 비평가의 의견은 모두 타당하다. 나는 소설가와 비평가는 서로 반대편에 있다고 생각한다. 어느 한편이 옳고, 다른 한편이 틀리다는 말은 아니다. 여기서 문제가 되는 것은 정직함이 아니다. 사람들은 정직함에 의문을 제기하지도 않는다. 문제는 적절한 목적을 위해 적절한 언어로 이야기를 하느냐이다.

소설은 인쇄된 활자를 통해 독자의 눈에 보이는 이야기이기 때문에, 소설에 익숙지 않은 사람들은 소설을 신문 기사나 연설과 흔히 혼동하곤 한다. 이들은 소설을 오해해서가 아니라, 소설가가 언어를 통해 무언가를 이야기한다는 자체에서 소설가의 목적을 혼동하는 경향이 있다.

소설가는 실재하는 현실을 그대로 보도하는 대신, 그 현실을 자신이 쓸 소설의 원재료로 삼는다. 소설가의 목표는 소설의 이야기 속에 현실을 담아 독자에게 제시하는 것이다. 당연히 소설의 본질은 원재료와 다르다. 아니, 소설은 원재료와 완전히 별개의 영역이다. 소설이란 과거에도 없었고 앞으로도 없을 하나의 고유한 존재로, 소설에는 그 글을 쓴 소설가 단한 사람의 생각만 담겨 있다. 무엇보다 소설과 소설의 원재료가 차별화될 수 있는 까닭은 소설은 내재적인 특성상 작가와 독자가 상상력을 공유하는 것이 가능하기 때문인데, 이는 소설과 저널리즘이 차별화되는 이유이기도 하다.

"이봐, 유도라 웰티 씨. 뭐라도 해야 될 거 아니야? 그렇게 입 다물고 몸이나 사릴 셈인가?" 어느 날 자정 무렵 내게 전화를 건 한 낯선 이가 이렇게 말했다. 아마 이자는 나 말고 다른 남부 작가들에게도 한밤중에 전화를 걸어 똑같이 말했을 것이다. 그의 말은 '소설가는 비평에 참여해야 하는가?'라는 문제의 일면이다. 남부 소설가들에게 있어, 소설 글쓰기는 **어떤 목적을 달성하기 위한 수단일까?**

소설의 핵심은 인간과 인간의 관계를 통해 도덕성의 문제를 살펴보는 것이다. 나는 우리 모두 이 중요한 사항에 동의하리라 생각한다. 위대한 작가들의 작품치고 여기에서 벗어난 경우가 없다는 것에도 우리 모두 동의하리라 생각한다.

그런데 개혁에 대한 열정은 비평가에게는 좋은 영감이 될지언정 소설가에게는 아무런 도움이 되지 않는다. 단, 풍자시나 풍자극 같은 풍자 장르에서는 예외적으로 풍자의 효과를 극대화할 수 있다. 그러나 대개 순수하고 자존심 많은 열정은 소설가에게 오히려 거추장스러운 짐이 될 뿐이다. 올바른 열정만으로는 소설 쓰기가 충분치 않다니 이 얼마나 불공평한 일인지! 하지만 올바른 열정만 있다고 그림을 잘 그리거나 노래를 잘 부를 수 없듯 좋은 소설을 쓰기 위해서도 그 이상의 것이 필요하다.

그럼에도 우리가 소설을 통해 의견을 개진하는 것이 도움이 된다고 가정해 보자. 이때 우리의 문제점은 무엇일까?

가장 큰 문제점은 적시성이다. 비평가의 메시지는 위기감에서 비롯되므로, 메시지의 시기적절성이 중요하다. 존 스타인벡이 『분노의 포도』를 지금에서야 발표했다면 어떨까? 대부분 소설가들의 메시지는 하나다. 바로 "이 소설은 우리 현실의 한 단면이다". 이는 시급한 메시지는 아니다. 헨리크 입센의 희곡을 예로 들면, 세월이 지나 그의 대의명분이 잊히고 그가 변호하는 가치가 더 이상 필요 없게 되었을지 몰라도, 입센의 연극은 그의 열정 덕분에 지금까지도 생명력을 갖는다.

두 번째 문제점은 비평가의 가장 큰 무기인 보편성을 다루기가 곤란해진다는 것이다. 소설에 보편성이 등장하면 소설 안에 잡음이 생기고, 이 보편성은 크고 작은 이야기, 별것 아닌 이야기, 중대한 이야기와 사사건건 부딪힌다. 이런 잡음은 매우 시끄러워서 사람들이 말하고자 하는 바가 그 소리 안에 묻혀 버린다. 보편성은 미세한 감정 표현에 치명적이고, 소설가가 발견한 진실한 감정을 — 그 감정이 아무리 수수한 것이라도 — 전혀 전달하지 못한다. 일반적인 소설가들의 가장 큰 목표는 자신이 발견한 감정을 이야기하는 것인바, 소설가들은 보편성을 이야기하는 대신 자기 눈앞에 보이는 특별한 무언가에서 출발해 그 무언가를 탐색한다.

소설가는 현실의 어떤 상황과 그 상황에 대해 머리로 이해하고 마음으로 느낀 바를 토대로 하나의 가상 세계를 조금씩 만들어 나간다. 겉으로만 보면, 소설가가 만든 가상 세계는 현실과 흡사할 수도 있고 전혀 다를 수도 있다. 하지만 그 안은 소설가가 느낀 감정과 거의 그대로 일치한다. 현실을 관찰한 모습과 관찰을 통해 발견한 내면의 진실은 서로가 서로를 검증한다. 소설가에게 소설 쓰기란 바로 이런 것이다.

보편성으로 시작한 소설은 보편성으로 끝나는 것이 수미상응의 관점에서 좋다. 소설이 절정에 다다르면 그때 소설가는 자신의 주장을 개진하면 된다. 그럴 듯한 주장을 제시하는 플롯은 당연히 흥미롭지 않을까? 문제는 그 어떤 주장도 소설 안에서 먹히지가 않는다는 것이다.

일반적인 소설가들은 어떤 주장을 내세우기보다 현실을 있는 그대로 보여 주거나 폭로한다. 소설가는 독자가 어떤 현실을 직접 듣고 보도록 유도함으로써 독자를 설득한다. 이것 말고도 또 다른 문제가 있다. 소설가가 자기 주장을 하면 소설이 지나치게 질서정연해질 위험이 있다. 아닌 게 아니라 비평가들이 가장 두려워하는 것이 바로 혼란이다.

비평가들은 위대한 소설에 혼란의 여지가 가득하다는 점을 두려워한다. 현실의 삶을 있는 그대로 모사하는 위대한 소설은 혼란을 만들어 내고, 그 혼란에 정면으로 맞선다. 위대한 소설의 이야기는 질서정연한 경우가 거의 없다. 이야기는 종종 정해진 테두리를 빠져나가 무질서하게 뻗어 나가거나, 자가당착에 빠지거나, 그때그때의 변덕에 좌우된다. 위대한 소설에는 절대 한 가지 분명한 정답이 존재하지 않는다. 인간의 실상은 그 자체가 보여 줄 수 있는 것보다 소설가에게 더 큰 중요성을 갖고 있는지도 모른다.

소설가가 인간의 경험에 대해 이야기할 때, 소설가의 현실 이외에 또 어떤 것이 소설의 소재가 될 수 있을까? 하지만 독자들도 알다시피, 소설가는 자신을 둘러싼 현실에서 어떤 이야기든, 아니 거의 모든 이야기를 이끌어 낼 수 있다. 고로 소설가에게 가장 중요한 과업이자 책임은 과연 그 소재를 어떻게 사용하느냐이다.

현실에는 늘 어떤 상황이 존재한다. 그 삶이 무엇이든 간에, 지금 이 순간 이곳에서 일어나고 있는 삶의 모습이 그 상황이기 때문이다. 상황은 일시적이고 계속 변화한다. 소설가는 이런 상황을 배경으로 그 상황을 다른 사람의 입을 빌려 설명하기 위해 가상의 등장인물을 그 안에 채워 넣는다.

여기서 핵심은 등장인물의 관점에서 이야기가 진행되어야 한다는 것이다. 소설의 등장인물은 무의식적으로 행동하는 존재가 아니요, 감정을 표현하는 팻말을 들고 다니는 존재가 아니기 때문이다. 등장인물은 옳고 그름, 선과 악, 흑과 백을

의인화한 대상이 아니다. 그들은 육체와 피를 지닌 인물, 희극의 객체들이다. 소설가는 등장인물을 보편적으로 바라보는 실수를 저질러서는 안 된다. 즉, 가상의 인물이라고 해서 전혀 **우리와 유사성이** 없는 존재로 보면 안 된다는 말이다. 독자가 가상의 등장인물을 진짜처럼 받아들이려면 등장인물이 우리와 똑같은 마음, 감정, 기억, 버릇, 희망, 열정, 능력을 지닌 진짜처럼 그려져야 한다. 소설가가 인물을 탐구할 때 인물의 내면부터 탐구하는 것이 바로 이 때문이다.

인물에 대한 통찰을 얻기 위한 첫 번째는 특정 꼬리표를 떼는 것이다. 소설을 쓸 때 반드시 우리 자신에 대해 이야기할 필요는 없지만, 소설은 결국 우리 자신을 활용해서 나온, 우리에게서 나온 이야기다. 우리가 배운 것, 우리의 감수성을 자극하는 것, 우리에게 강렬한 감정을 주는 것이 곧 소설의 등장인물이 되고 소설의 플롯을 구성한다. 작가는 소설의 등장인물을 내면부터 창조하기 때문에 등장인물에게는 각자의 고유한 내면세계가 있으며, 이들은 언제나 독립적인 개체로 존재한다. 소설을 읽다 보면 등장인물에 동의할 수도 없고 공감할 수도 없는 경우가 있지만, 이는 중요한 문제가 아니다. 중요한 문제는 과연 등장인물에게서 생명력이 느껴지느냐다. 등장인물에게서 생명력이 느껴질 때 우리는 비로소 삶에 대한 무언가를 경험하고 짐작할 수 있으며, 그를 통해 공감이나 비공감 이상의 심오하고, 지속적이고, 온전한 이해를 얻을 수 있다.

소설가의 이야기는 탄탄한 구조를 갖고 있으나, 한 가지 분명한 사실은 이런 구조가 논리와는 별 상관이 없다는 점이다. 소설의 등장인물이 내면에서 창조되어 각자 고유한 삶이 주어진 존재이듯, 플롯 역시 생생한 원칙에 따라 점진적으로 발전하고 고유한 모양을 형성해 나간다. 소설의 플롯을 만드는 것은 의견을 주장하는 것보다 천배는 더 복잡하며, 주장에는 정답이 있을 수 있지만 플롯에는 정답이 없다. 플롯은 일정한 패턴이 아니다. 플롯은 내면의 감정이 겉으로 연출된 결과다. 플롯은 비록 제멋대로일지언정 인위적이지 않다. 매우 비현실적인 플롯이라면 이를 환상이라고 부를 수 있으나, 플롯과 플롯의 소재에는 언제나 유기적인 관계가 있으므로 비현실적인 플롯은 결국 환상이 현실화되는 과정으로 볼 수 있다.

소설가는 자신이 추구하는 것 —소설가는 증거가 아닌 본질을 추구한다—을 얻기 위해 주변 세상을 다양하게 다뤄본다. 실제로 소설가는 자신의 소재로 가능한 모든 방법을 다

시도한다. 어떤 모양을 만들어 보고, 끊어질 때까지 잡아당겨 보고, 두 배로 늘려 보고, 거꾸로 사용하기도 한다. 포크너의 『소리와 분노』에서 알 수 있듯, 어떤 본질에 도달하기 위해서라면 소설가는 그 무엇도 주저하지 않는다. 하지만 제아무리 그럴듯한 명분이 있어도 소재를 조작하지는 않는다. 소설가는 소재를 그 자체로 무한히 존중한다. 이는 소설가가 소재에서 통찰력을 얻고, 그 통찰력을 통해 어떤 소설을 쓸지 결정하기 때문이다.

일반적인 소설가들은 비록 완벽한 소설을 쓰지는 못하지만 대신 매번 소설을 통해 도전하고 또 도전한다. 그런데 소설을 쓰는 목적이 무언가를 증명하기 위해서라면, 굳이 여러 편의 소설을 쓸 필요가 없다. 무엇하러 한 가지 사실을 여러 번 증명한단 말인가? 올바른 신념을 지닌 소설가들은 서로 비슷비슷한 소설을, 아니 전부 똑같은 소설을 써내고 말 것이다. 그러면 기존 작가들은 작가 활동을 이어 나갈 이유가, 신진 작가들은 작가 활동을 시작할 이유가 없어질 것이다. 젊은 작가들이 왜 철의 장막 뒤에서 소설을 쓰지 않는지 그 정확한 이유를 알 수는 없으나, 추측건대 그 사회에서 용인되려면 모든 소설이 하나에 순응하고 획일화되어 결국 소설이 그 가치를 잃어버려서인지도 모른다. 작가의 비전이 누군가의 지시대로 만들어질 수 있다면, 작가와 독자는 일상의 씨실과 날실이 우리 개성대로 지각하고 이해할 수 있는 타고난 재능을 잃어버리고 말 것이다. 우리는 남들과 똑같이 삶을 이해하고, 그것에 그럭저럭 만족할 것이다. 위대한 소설가가 세상을 떠났다고 해서 그를 그리워할 일도 없을 것이다. 나는 우리의 삶이 소설에서 다룰 만한 가치가 없다는 이야기는 그 삶이 살아 볼 가치가 없음을 보여 주는 첫 번째 징조라고 생각한다.

비평가가 확실한 청사진을 이야기하는 소설을 쓴다고 가정했을 때, 소설에서 한 가지 배제되어야 할 요소가 있다. 바로 삶의 불가사의함이다. 이는 가장 중요한 요소 중에 하나임에도 불구하고 소설에서 배제하는 것이 불가피하다. 이성적인 세상, 문제가 해결된 세상에는 어둠이 있을 수 없다. (우리가 애초에 해결해야 할 문제가 어둠이라는 것을 생각하면 어딘가 이상하다.) 불가사의함이 배제될 수밖에 없는 이유는 불가사의함이 존재하는 한 문제 해결은 고사하고 의견을 주장하는 것이 불가능하기 때문이다. 일반적인 소설가들은 이런 불가사의한 이야기를 하는 것을 좋아한다. 비록 무모한 도전일지라도, 소설가는 불가해한 미스터리가 소설에서 다뤄야 할 소재라는 믿음을 갖고 있다.

소설가의 목적은 무언가를 바로잡거나, 용납하거나, 위로하는 것이 아니라 이야기에 생명력을 불어넣는 것이다. 이상적으로 봤을 때 소설가와 독자는 동일한 출발선에서 시작해 서로 다른 상상의 세계로 나아가므로, 소설가는 그 과정에서 독자가 자신과 동등한 깨달음을 얻을 것이라 가정한다.

비평을 어렵게 만드는 것은 비평가가 다뤄야 할 세상이 더 크고 여기에 제약이 가해지기 때문만이 아니다. 상상력 자체도 문제다. 상상의 영역에서는 이 세상 모든 것을 전부 이야기할 수 있다. 『캔터베리 이야기』가 시대를 초월하는 보편성을 갖는 것은 제프리 초서가 긍정하기 때문이다. 『캔터베리 이야기』의 본질은 모든 것을 긍정하는 것이다. 이 작품은 인간이 어떠한지에 대해 이야기할 뿐, 인간이 어떠하지 **않은지**에 대해서는 이야기하지 않는다. 만약 초서가 『캔터베리 이야기』에서 인간이란 어떠해야 하는지를 말했다면 그것은 시간 낭비였을지도 모른다. 인간이 어떠해야 하는지 우리는 이미 다 알기 때문이다. 반면, 우리가 어떠한 사람들인지에 대해서는 소설이 힘 있게 보여 주기 전까지 제대로 모를 수도 있다. 우리는 작가가 바라보는 현실을 통해 비로소 현실 속 우리 스스로의 모습을 보게 된다. 작가가 어떤 방식으로 이야기를 하든 우리는 그의 이야기에서 무거운 진실부터 깃털처럼 가벼운 진실까지 모든 진실을 직면하고, 그 진실이 아무리 불쾌한 것이어도 그를 받아들인다.

타인을 비판하는 것은 누구에게도 쉽지 않겠지만 소설가에게는 특히나 더 어려운 일이다. 소설가의 목적은 글쓰기를 통해 삶을 발견하는 것인데, 비판은 이런 목적을 달성할 수 있는 수단이 아니다. 만약 소설가가 타인을 비판하지 않는다면 이는 그 소설가에게 양심이 없다는 뜻일까? 당연히 아니다. 사람마다 고유한 기질이 있듯 소설가에게는 고유한 양심이 있고, 소설가는 그것이 편하든 불편하든 자신의 양심을 온전히 지킨다. 중요한 것은 소설가가 스스로의 도덕적 원칙을 고수하느냐다. 소설가가 고수하는 도덕적 원칙은 소설 안에서 쉽게 찾을 수 있다. 소설 속 등장인물과 플롯은 소설가의 원칙이 반영된 궁극적인 결과물이다. 하지만 이런 원칙은 겉으로 보이기보다 깊숙이 내재되어 있으며, 그 소설 이상의 모든 체계를 떠받치고 있는 암석과도 같다.

아닌 게 아니라, 우리는 소설가가 직접 신념을 선언했을 때보다 소설가가 쓴 소설을 통해 그의 도덕적 신념에 대해 더 잘 알게 된다. 우리는 이미 마음속에서 우리 인간에 대한 진실을 잘 알고 있다. 단, 이런 내밀한 생각에 다가갈 수 있는 유일한 방법은 오직 상상력 — 소설가의 상상력에서 독자의 상상력으로 — 을 통해서다.

비평가의 어려움은 이것이 전부가 아니다. 우리가 내는 목소리가 우리 자신의 목소리가 아니라는 또 다른 문제가 있기 때문이다. 비평가의 목소리는 군중의 목소리다. 반대편의 목소리를 잠재우려면 비평가는 점점 더 큰 목소리를 내야 한다. 더 심각한 문제는 대부분 군중들의 목소리가 다 비슷비슷하다는 점이다. 설상가상으로, 의사소통 이상의 목적이 있는 목소리는 소음을 만들 뿐만 아니라 그 안에 잔혹한 속성이 있다. 그런 목소리는 언어를 단순히 언어로 사용하지 않고 남을 위협하고, 비난하고, 자신을 뽐내기 위한 무기처럼 휘두른다. 이런 소음은 그저 거대하고, 무관심하고, 보편적인 개개인을 드러낼 뿐이다. 이런 소음은 거대 다수의 목소리일지언정 오래 가지 못한다. 오로지 의미 있는 목소리만이 오래 지속된다. 우리는 군중 속에서 또는 군중을 통해 무엇도 배울 수 없으며, 군중을 상대로 이야기하거나 군중을 만족시킴으로써 배울 수 있는 것도 없다. 애도가 목적일 때 군중의 소음은 더욱 적절하지 못하다. 민권운동가 3인의 죽음*처럼 끔찍한 사건을 애도하고 싶다면, 그 일을 온전히 맞아들일 수 있는 고요함이 필요하다. 선함과 섬세함이 소음을 만나면 망가지듯, 소음은 위대함을 보잘것없고 가치 없게 만들 위험이 있다. 감정을 야만적으로 표현하거나, 과시하듯 겉으로 드러내면 그 감정은 싸구려로 전락한다.

소설 쓰기는 내면에서 이루어지는 작업이다. 소설은 충분한 시간에 걸쳐 작가가 홀로 그리고 직접적으로 경험한 개인적인 감정과 믿음을 천천히, 조금씩 글로 옮겨 놓은 결과물이다. 밖으로 나가 북을 두드리는 행동은 감정과 믿음을 방해하는 것은 물론, 그것을 망각하고 상실하는 결과를 가져온다. 소설은 개인적인 영역이며, 이러한 개인적인 영역은 지켜져야 한다. 삶은 개인적인 영역에서 **살아지는** 것이기 때문이다. 삶이 어떤 의미를 갖는 것은 인간의 마음속에서다. 소설은 언제나 이처럼 삶이 살아지는 모습을 보여 주었으며, 앞으로도 좋은 소설은 그러할 것이다.

E. M. 포스터의 『인도로 가는 길』은 오래 전의 소설이다. 상

---

* 이들의 죽음으로 인해 미시시피 자유여름 운동이 시작되었다.

당히 도덕적인 이 소설은 인종적 편견을 주제로 다룬다. 포스터는 확고한 의견이 있음에도 불구하고 소설을 읽는 독자에게 그에 대해 설교하기보다, 자신이 하고 싶은 이야기를 독자가 뚜렷이 각인할 수 있도록 유도한다. 뿐만 아니라, 이 소설은 어둠에 대해서도 이야기한다! 소설이 출간된 지 40년이 지난 지금에도 여전히 포스터의 주장이 유효한 것은 **이 소설이 그만큼 탁월하기 때문이다**. 별 볼일 없는 소설가의 장광설이었다면 지금 흔적도 없이 사라졌겠지만, 포스터의 상상력의 세계는 여전히 많은 것을 보여 준다. 아무리 강력한 의견이라도 그것을 표현하는 데는 세심함이 요구된다.

위대한 소설은 우리가 어떻게 행동해야 되는지 대신 어떤 감정을 가져야 하는지를 보여 준다. 궁극적으로는 어떻게 감정과 행동을 직시할 것인지, 그 감정과 행동의 의미를 어떻게 새롭게 받아들일 것인지를 보여 준다. 좋은 소설은 그 소설이 언제 쓰인 이야기이든 우리를 새로운 경험의 세계로 이끈다.

작가의 실무적인 관점에서 보면, 우리의 외부 세계는 달라졌지만 다른 모든 것은 예전과 그대로다. 적어도 우리가 세상을 인지하는 능력, 세상을 보는 눈과 세상을 듣는 귀, 감정을 느끼는 마음, 슬픔을 느끼고, 과거를 기억하고, 사물을 이해하고, 다른 사물들과 균형을 찾는 사고방식은 그대로이니 말이다. 소설의 소재를 제공하는 외부 세계는 급격히 변하고 있지만—이는 전 세계적인 현상이다—우리 자신은 예전과 변함없는 인식의 매개체다. 만약 우리가 변하는 존재라면, 나는 우리를 믿지 못할 것이다. 우리는 외부 세계의 경험이 어떤 이야기를 만들어 낼지 직접 그 세계를 경험하기 전까지는 전혀 알 수 없다. 우리 주변에 존재하는 세계가 우리 눈에 어떻게 비치는지 글로 표현하는 일은 그 세계가 어떤 세계든 과거나 지금이나 늘 쉽지 않은 도전이다. 아마도 예전보다 어려운 도전이 됐을지는 몰라도, 예전과 달라지거나 더 위대한 일이 되지는 않았다. 언제나 그랬듯 우리는 아는 것을 바탕으로 글을 써야 하며, 그 대상을 정말로 잘 알아야 한다.

우리가 속한 세계가 얼마나 빠르게 변하든, 우리가 다른 사람들과 늘 지속적인 관계를 맺고 살아간다는 사실은 그대로다. 이는 외부 세계가 변하지 않고 정체된 경우에도 마찬가지다. 우리에게는 혈연관계, 사랑과 애정으로 맺어진 관계, 사고와 정신과 행동으로 맺어진 관계가 있고, 인종과 인종 간의 관계도 있다. 이때 하나의 관계가 다른 관계와 완전히 동떨어져 존재할 수 있을까? 한자리에 오래 있었던 나무의 거대한 뿌리처럼, 우리의 관계는 서로 얽히고설켜 있다. 이렇게 하나로 엉킨 뿌리를 떼어 내려면 나무를 통째로 쪼개야 할 수도 있다.

이 시대의 남부 소설 작가들은 무엇을 해야 할까? 우리들이 과거에 해왔던 것과는 전혀 다른 새로운 무언가를 해야 할까?

이곳 남부는 이미 거대한 사건들을 경험했다. 그 가운데는 가슴 아플 만큼 슬프고 수치스러운 사건들도 있었다. 오늘날 이곳에는 증오의 분위기마저 감돈다. 사람들은 우리 남부 사람들을 증오한다. 우리는 처음에는 어떤 특정한 이유 때문에 사람들의 증오의 대상이 되었으나, 지금은 특정한 이유도 없으면서 더 큰 증오의 대상이 되고 있다. 나는 이것이 감정적인 증오라고 생각한다. 우리는 우리를 미워하는 사람들을 똑같이 증오한다.

최악의 문제는 우리가 이런 상황에 꼼짝없이 갇혀 있다는 사실이다. 우리는 달콤한 꿀이 아닌 치명적인 독에 끈끈하게 달라붙은 파리와도 같다. 우리를 옭아매는 감정은 사랑이 아니라 증오다. 글쓰기에 있어, 다시 말해 삶에 있어 증오는 파괴적인 감정이다. 증오는 우리를 죽게 만들 수도 있다. 이 같은 증오에는 세상이 진짜로 변화하고 있다는 두려움, 자기 합리화, 스스로에 대한 수치심이 부분적으로 존재한다.

우리 자신과 상처 입은 자존심에 대한 분노, 잦은 울분, 남들의 증오의 대상이 되었다는 노여움으로 우리를 비방하는 타인보다 우리 남부 사람들이 더 잘 알고 있는 우리 스스로의 아픈 구석을 감출 필요는 없다. 실제로 우리들 중 일부는 비난받아 마땅한 일을 하긴 했기 때문이다. 그럼에도 불구하고 우리 남부 사람들이 훌륭한 이유는 우리가 그들보다 우리 스스로의 결점에 대해 더 많이 이해하고 더 많이 알고 있으며, 그 결점에 대해 그들보다 훨씬 더 냉정하게, 더 힘 있게 설명할 수 있다는 점 때문이다.

나는 남부 소설작가들(이런 집단이 실제로 존재하는지는 모르겠지만)의 입장을 대변하려는 것이 아니다. 하지만 내가 분명히 이야기하고픈 바가 하나 있다. 최근 남부지역을 제외한 미국 전역에서는 남부 소설작가들이 무엇에 대해 그토록 오랫동안 다양한 작품 활동을 해왔는지 예전에는 없던 새로운 인식이 생겨났다. 우리가 무엇에 대해 소설을 쓰는지 그들이 굳이 말해 주지 않아도 우리 자신은 이미 알고 있다. 우리는 인류에 대해 소설을 쓴다. 우리는 모두 인류의 일부이다. 이야기의 등장인물이 흑인이든 백인이든, 이야기의 배경이 남부든 다른 곳이든 우리 이야기가 읽을 가치가 있다는 것은 우리가 모든 사람들에 대해 이야기하고 있음을 뜻한다.

오늘날의 남부 작가들은 삶에 대해 이야기하는 법을 배우려면 먼저 남부에서의 삶을 남부의 맥락 안에서, 또 남부를 제외한 다른 세상과의 관계 속에서 사는 법을 배워야 (또는 다시 배워야) 할 수도 있다. E. M. 포스터의 지혜가 담긴 명언 "연결하라"*는 우리 남부 작가들에게 문자 그대로 유효한 이야기다. 남부 작가들은 남부에 대해 계속 이야기할 것이며 ─ 오직 남부 작가들만이 남부에 대해 이야기할 수 있으며 나는 이것이 그들의 의무라고 생각한다 ─ 남부 작가들의 좋은 작품은 과거의 다른 작품들과 마찬가지로 보편적인 인류에 대한 이야기를 전할 것이다.

나의 요지는 글쓰기가 사랑에서 나와야 한다는 것이다. 우리는 자기방어나 증오심에서 나온 글, 남에게 명령하거나 반박하기 위한 글, 남을 공격하거나 남에게 사과하기 위한 글이 아니라 사랑에서 나온 글을 써야 한다. 부정적인 감정을 떨쳐

---

* 포스터는 『하워즈 엔드』에서 "산문과 열정을 연결하라. 그러면 그 양쪽이 모두 고양되고, 인간의 사랑은 정점에 이르게 될 것이다. 다시는 조각난 삶을 살지 말라"고 이야기했다.

내기 위한 글 역시 곤란하다. 독자가 그 부정적인 감정을 고스란히 떠안게 되기 때문이다.

내 말은 세상을 너그럽게 바라보자는 것이 아니다. 솔직한 분노가 담긴 글도 얼마든지 사랑에서 나올 수 있다. 중요한 것은 어떤 감정을 원천으로 세상을 바라보느냐다. 소설의 본질과 파급력을 결정하는 것은 그 소설의 원천적인 감정이다.

러시아의 소설가 이반 투르게네프는 어린 시절의 기억을 바탕으로 심오한 사색과 감각적인 생동감을 통해 과거의 추억을 회고하는 소설을 발표했다. 한 일화에 따르면, 차르 알렉산드르 2세는 그의 소설을 읽은 뒤 러시아의 농노를 해방했다고 한다. 만약 투르게네프가 자신의 직접적인 경험을 있는 그대로 이야기하는 대신 선동적인 주장을 내세웠다면, 그의 현실 참여적인 정신은 글에서 암시적으로 드러날 때보다 오히려 더 존재감을 발휘하지 못했을 것이다. 하지만 투르게네프의 경험은 보편적인 이야기이므로, 우리는 그의 소설이 출간된 지 113년이나 지난 지금도 그의 이야기에서 직접적으로 감동을 얻는다.

인간의 역경에 대한 무관심은 그 역경이 무엇이든지 간에 소설 작가에게 치명적인 감정이다. 열정은 좋은 소설을 만드는 핵심적인 재료다. 열정은 인간의 상태에 대한 연민의 감정이라는 불씨에서 생겨나며, 위대한 소설은 모두 이러한 열정에서 나온다. (열정과 성마름은 물론 상이한 감정이다. 극도로 차분한 상태에서도 열정을 표현하는 일은 가능하다.) 단 어떤 대의를 위해 열정의 감정을 왜곡하는 것은 속임수나 다름없고, 결국에는 수단을 정당화할 수 없을 뿐만 아니라 그 열정마저 사라질 가능성이 농후하다. 이렇게 되면 소설은 자신만의 이야기를 보여 주기 위해 고독 속에서 몸부림치며 냉정과 열정을 표현한 작가의 상상력이 만들어 낸 결과물이 아니라, 목적을 위한 수단으로 전락한다.

목적의 수단이 된다는 것은 사랑과는 무관한 일이며, 사실 그 누구에게도 득 될 것이 없다. 우리는 계속해서 풍요로운 사랑의 감정을 글로 이야기해야 한다. 우리가 어떤 시대를 살고 있든 우리 모두의 감정을 파고들 수 있고, 우리 자신을 이해할 수 있고, 우리 스스로를 정직한 방법으로 정직하게 보여 줄 수 있는 등장인물과 플롯을 만드는 것은 예나 지금이나 똑같은 작가의 과업이며, 이는 과거에도 어려운 일이었고 지금도 어려운 일이다. 다른 모든 이들과 마찬가지로 작가 역시 지금 이 시대가 사상 최악의 위기라고 생각한다. 정직하게, 최선을 다해 글을 쓰는 것만이 우리 작가들이 할 수 있는 최소한이자 최대한의 방법이다.

시간이 지나면 세상만사가 빛을 바래지만, 상상력을 통해 바라보는 현실 세계는 변하지 않는다. 미시시피의 역사는 변화할 것이며, 바라건대 나는 변화가 이로운 방향으로, 너무 느리지 않은 속도로 이뤄지길, 무엇보다 통찰과 이해심을 가져올 수 있길 기대한다. 그러나 윌리엄 포크너가 이야기하는 세계가 이미 사라진 과거라 해도, 그의 소설은 그 자신으로부터 나온 이야기이기 때문에 언제나처럼 훌륭하고 진실한 소설로 남을 것이다. 인간은 지금도 똑같은 대상에 도전하고, 똑같은 패배를 겪고, 그에 굴하지 않고 또 다시 도전하며, 소설은 예나 지금이나 늘 진실하다. 사랑과 증오, 희망과 절망, 공정함과 부당함, 연민과 편견, 진실과 거짓말은 모든 인간들의 공통적인 속성이다. 이는 작가의 인종이 무엇이든, 지금이 어느 시대이든 상관없이 모든 작가의 이야기에 드러난다.

포크너는 우리에게서 멀어지지 않는다. 포크너의 작품은 예전 모습 그대로임에도 불구하고 우리를 성장하게 한다. 포크너의 작품은 시간이 지남에 따라 그 당시 과거와 오늘날을 조명하고, 동시에 앞으로의 미래를 제시한다.

앞으로 사람들은 포크너의 작품을 기준으로 남부 작가들의 작품을 이해할 것이다. 나는 정말로 그렇게 되리라 생각한다. 포크너가 우리에게 무언가를 이야기하고 무언가를 보여준 이상, 우리는 그것을 다시 되돌릴 수 없다. 포크너의 작품은 미래에도 같은 역할을 할 것이다. 우리는 포크너로부터 과거를 이어받고, 포크너의 작품을 통해 우리 스스로에 대한 신선하고 직접적인 시각을 경험할 것이다.

포크너의 작품은 비평에 의해 빛을 발하지 않으며, 비평의 성질에 따라 인정받거나 부정당하지도 않는다. 포크너의 작품이 우리에게 더 이상 빛을 보여 주지 못하더라도, 그의 작품은 우리 자신의 모습을 보여 줄 것이다. 앞으로 누군가 역시 과거의 우리가 무슨 일을 하며 무엇을 추구했는지, 우리가 어떤 사람이었고 어떤 사람이 되지 못했는지, 미래의 그들은 어떤 사람이 되고자 하는지 발견할 것이다. 왜냐하면 우리는 우리 자신이 비평가이기 때문이다. 비록 글을 쓰지 않아도, 우리는 스스로의 비평가다. 우리가 우리 스스로를 발견할 수 있는 것은 포크너에 대한 비평이 아닌 포크너의 작품을 통해서다.

1965년

"피닉스 잭슨의 손자는 정말 죽었을까?"

자기가 쓴 소설이 학생들에게 읽히고 있다는 사실은 작가에게 매우 기쁜 일이 아닐 수 없다. 학생 독자들이 자기 소설을 통해 무언가를 생각하고 느낀다는 것은 작가에게 살아 있음을 느끼게 한다. 그런데 학생들이 소설에 대해 어떤 질문을 했을 때 작가가 항상 그 질문에 답을 줄 수 있는 것은 아니다. 나의 경우, 내 소설에 대해 토론을 마친 학생과 교사들이 편지로 가장 많이 물어보는 질문이 하나 있다. 그 질문에 대한 내가 평소에 갖고 있는 생각을 들려주면 여러분이 좀 더 쉽게 이해할 수 있을지도 모르겠다. 내가 사람들로부터 가장 많이 받는 질문은 바로 "피닉스 잭슨의 손자는 정말 **죽었을까요?**"이다.

이 질문은 내 단편소설 「닳고 닳은 길」과 관련된 것이다. 이 소설은 외딴 시골마을에 사는 피닉스 잭슨이라는 할머니가 병에 오래 시달리고 있는 어린 손자에게 줄 약을 구하기 위해 마을에 있는 병원을 찾아가는 하루 동안의 여정을 그리고 있다. 소설에서 피닉스 잭슨은 언제나처럼 병원에서 약을 얻은 다음 집으로 돌아간다.

나는 독자들에게 일부러 사실을 숨김으로써 소설에 신비주의를 조성하려는 의도가 없었다. 독자를 놀려먹는 것은 작가의 본분이 아니다. 소설의 이야기는 여정을 떠나는 피닉스의 시점에서 전개된다. 나는 작가의 입장에서 피닉스와 같은 시점을 갖고 이야기를 진행했기 때문에, 피닉스의 손자가 아직 살아 있다고 가정해야 했다. 하지만 독자의 생각은 얼마든지 자유다. 독자들은 피닉스가 외출할 수 있는 한, 그래서 약을 구하러 다닐 수 있는 한 손자가 죽었든 살았든 그녀가 계속 마을에 찾아갈 것임을 은연중에 깨닫는다. 피닉스의 머릿속에 오로지 마을에 가야 한다는 집념밖에 없다는 사실에서 우리는 비록 손자가 죽는다 해도 그녀의 여정이 계속되리라는 **가능성**을 엿본다. 간호사가 그녀에게 "아이는 아직 안 죽었죠?"라고 묻자 그녀는 "아직 그대로예요. 그 앤 안 죽어요"라고 혼잣말로 대답한다. 이 대답이 보여 주는 **예술적** 진실은 얼마든지 사실로 해석해도 무방하다.

피닉스의 손자는 할머니가 마을을 방문하도록 동기를 부여한다. 하지만 소설의 이야기는 피닉스의 여정 자체가 핵심으로, 손자가 정말 죽었는지 살았는지 여부는 그다지 중요한 사항이 아니다. 손자의 생사 여부는 이야기의 결말이나 의미에 전혀 영향을 미치지 않는다. 사실 내가 사람들의 질문을 인상 깊게 생각했던 이유는 그 질문 자체보다 질문에 깔려 있는 발상 때문이었다(모든 질문에는 어떤 발상이 내포되어 있게 마련이다). 그 발상이란 손자의 죽음이 이야기를 왠지 "더 흥미롭게" 만들지 않을까 하는 사람들의 생각이었다.

나는 질문을 한 학생들에게 이렇게 말하고 싶다. 어떤 대상이 눈에 보이는 그대로가 전부고, 어떤 이야기에 보이는 그대로의 의미만 있어도 **괜찮**다고 말이다. 동시에, 어떤 대상이나 이야기에 하나 이상의 다양한 의미가 있어도 괜찮다고 말하고 싶다. 인간의 삶이란 원래 모호한 것이다. 작가는 이야기에서 제시하는 사실관계뿐만 아니라 그 사실관계가 불러일으키는 암시적인 내용까지 모두 아울러야 할 책임이 있다. 왜냐하면 그 암시적인 내용이 소설의 전체적인 의미에서 보면 결국 사실관계가 되기 때문이다. 하지만 어떤 대상에 그런 의미가 없는데도 불구하고 마치 있는 것처럼 이야기하는 것은 전혀 괜찮지 않으며, 독자의 선의를 저버리는 행위다.

피닉스 잭슨의 손자가 병에 걸렸다는 것은 엄연한 사실이다. 이는 사랑의 사명을 주제로 한 소설의 이야기에 진실성을 부여한다. 만약 손자가 죽었다면, 이야기의 진실성은 길이 "닳고 닳았다는 사실"에 있을 것이다. 하지만 손자의 생사 여부가 이야기를 더 진실하게 만들거나 이야기의 진실성에 영향을 미칠 수는 없다. 이는 소설 마지막에 피닉스가 집에 도착하는 대신 또 다른 여정에 나선다는 대목에서 알 수 있다. 고로 "손자는 정말 죽었을까요?"라는 질문에 나는 손자의 생사가 이야기에 중요한 문제가 아니라고 답하겠다. 피닉스가 손자 때문에 헛고생했다는 이야기를 하려고 손자를 언급한 것도 아니라고 답하겠다. 하지만 무엇보다 가장 좋은 대답은 "피닉스는 살아 있다"일 것 같다.

소설의 이야기가 어디에서 유래된 것인지를 알면 그 이야기의 주요 심상에 대한 단서를 얻을 수 있다. 내가 「닳고 닳은 길」을 쓰게 된 동기를 들려주면 독자들도 그런 단서를 얻을 수 있을 것이다. 어느 날, 피닉스 잭슨을 닮은 한 늙은 여인이 홀로 걸어가는 모습이 나의 눈에 띄었다. 여인은 한겨울의 시골 들판을 배경으로 나와 그리 멀지도 가깝지도 않은 거리에서 내 앞을 지나가고 있었다. 나는 여인의 모습에서 이 소설의 이야기를 떠올렸다. 처음에 나는 그 여인이 볼일이 있어 어딘가를 가고 있으리라 추측했지만, 곧 다른 이유가 있을 것 같다는 생각이 들었다. 만약 다른 누군가를 위한 볼일이라면, 과연 어떤 일일까? 원래는 그 여인이 걸어가고 있는 모습만 보였다가, 머지않아 여인이 황량함과 추위와 싸우며 걸어가고 있는 모습이 이야기의 본질처럼 다가왔다. 나는 이 두 가지를 모두 다 이야기하고 싶었다. 나는 상상을 통해 여인의 얼굴을 가까이에서 관찰하고, 그 모습을 독자들에게 자세히 묘사했다. 하지만 사실 내게 가장 잊을 수 없었던, 내가 가장 묘사하고 싶었던 이미지는 겨울 들판 위를 걷는 그 여인을 먼 거리에서 바라본 모습이었다. 소실점 너머로 이어지는 그곳의 전체적인 풍경 역시 오래 잊히지 않았던 이미지였다.

나는 피닉스의 여정에 이런저런 모험을 만들어 냈다. 피닉스는 꿈을 꾸고, 좌절을 경험하고, 소소한 일을 성취하고, 그로 인해 자부심을 느끼고, 백일몽을 꾸며 마음의 위안을 얻는다. 또 어떤 사건들은 그녀에게 두려움과 수치스러움, 기쁨과 우쭐한 기분을 느끼게 하기도 한다. 이 소설의 이야기는 여정이었으므로, 삶의 불확실성을 이야기할 수 있는 사건들이 필요했다.

물론, 심층적인 관점에서 봤을 때 이 소설의 내러티브 라인은 어떤 의미를 탐색하는 과정이다. 이 같은 의미의 탐색은 어떤 소설의 이야기가 지속될 수 있는지 그 여부를 결정한다. 어떤 이야기가 갖는 극적인 힘은 그 이야기가 독자에게 불러일으키는 강력한 감정으로부터 나온다. 이야기의 "감정적 가치"란 곧 그 이야기가 미치는 파급력이다. 「닳고 닳은 길」의 감정적 가치는 이야기의 상황이 아니라 이야기의 주제, 즉 '습관처럼 익숙해진 사랑'이라는 주제에서 나온다.

나는 이 소설의 배경에서, 이 소설이 보여 주는 세계 안에서 오직 닳고 닳은 길만이 확실한 대상이길 바랐다. 습관처럼 된 사랑은 혼란을 이겨 내고, 어려움이 닥쳐도 잠시 비틀할 뿐 다시 일어서며, 자신이 왜 이곳에 있는지 그 이유를 망각했을 때조차 자신이 걸어온 닳고 닳은 길을 기억한다. 중요한 것은 그 닳고 닳은 길이다.

피닉스는 병원 진료실에서 의사의 수료증을 발견함으로써 자신의 목적을 성취한다. 피닉스는 그곳에서 "꿈속에서 봤던 것과 똑같은, 금빛 마크가 날인되어 있고 금빛 액자틀로 장식된 종이 문서가 벽에 걸려 있는 모습"을 본다. 약을 구해 집으로 돌아가는 길은 지금껏 왔던 길을 되돌아가는 과정일 뿐이다. 그녀가 집에 돌아가는 과정은 굳이 소설에서 더 이야기하지 않아도 될 부분이었다.

기능적인 관점에서 봤을 때, 피닉스의 여정과 작가들이 이야기를 쓰는 방식에는 일종의 유사성이 있다. 작가에게 무엇보다 가장 중요한 문제, 다른 모든 것을 압도하는 문제는 목적지에 도달하기 위한 길이다. 작가는 이런 길을 걸어가기 위해 이야기를 쓴다. 이때 작가를 목적지까지 인도하는 것은 이야기의 주제에 대한 작가의 확신이다. 작가는 어떤 의미에 도달하기 위해 피닉스처럼 스스로 길을 찾고, 그 길에 등장하는 온갖 방해물과 거짓된 겉모습, 곤경을 헤쳐 나간다. 짐작컨대 작가는 자신의 환상과 약간의 행운을 통해 상상력을 발휘하고 이를 이야기로 만든다. 무엇보다 중요한 것은 손자가 살아 있다고 믿은 피닉스처럼 작가 역시 죽음 대신 삶을 가정하고 이야기해야 한다는 사실이다.

하지만 여러분이라면 아무래도 살아 있으리라는 희망을 품고 여정을 떠나지 않았을까?

1974년

소설의 시간에 대한 고찰

인간의 경험을 이야기하는 소설의 특성상 소설에는 시간과 장소가 기본적으로 언급되게 마련인데, 소설이 현실적 타당성을 가지고 전개되기 위해서는 이 두 가지가 매우 중요하다. 우리는 시간과 장소를 일반적인 소설의 구성 요소쯤으로 받아들이지만, 사실 이는 소설가들이 심사숙고를 통해 만들어 낸 결과다.

장소에는 정체성이 있다. 인간의 터전이자 실재하는 장소에는 그럴듯한 이름이 있고, 역사가 깃들어 있고, 눈에 띄는 특징이 존재한다. 반면 시간에는 정체성이 없다. 이곳에 존재하는 시간은 저곳에도 똑같이 존재한다. 장소는 마치 오래된 전설처럼 그 안에 많은 이야기를 담고 있지만, 시간은 단지 흘러가고 있다는 것 말고는 알 수 있는 게 아무것도 없다. 시간은 단 한 번도 우리에게 뭔가를 알려 준 적이 없다.

장소에는 인간의 손자국, 발자국, 마음 자국 등 인간이 흔적을 남길 수 있는 표면이 존재한다. 장소는 누군가에 의해 길들여질 수 있다. 장소에는 형태, 크기, 경계가 있어 인간은 장소의 크기를 자기 자신과 비교해 가늠할 수 있다. 장소에는 분위기와 온도가 있고, 밝음과 어두움이 교차하고, 사계절의 변화가 있어 인간은 이에 자연스럽게 반응한다. 장소는 늘 인간을 돌보고, 성장시키고, 교육해 왔다. 인간은 장소를 지배하고, 파괴하고, 차지하고, 빼앗기고, 그곳에서 쫓겨나면 슬퍼하고, 명을 다하면 그곳을 떠나 무덤으로 돌아간다. 소설에 등장하는 장소는 마치 손으로 직접 촉감을 느끼고 냄새를 맡을 수 있는 흙처럼 우리가 살아 있는 현실 가까이에 존재한다. 반면, 시간은 바람처럼 추상적이다. 우리는 시간이 빨리 또는 느리게 흐른다는 것 말고는 시간에 대해 아는 것이 없다. 사실 시간이 흐르는 속도도 우리의 행동과 생각이 만들어 낸 개념이다. 인간은 장소에 애정을 느끼지만, 시간은 적이라고 생각하는 경향이 있다.

하지만 소설가들은 다르다. 그들은 장소보다 시간을 다루는 데 더 익숙하다. 이는 소설이 탄생하기 훨씬 전, 민간설화가 구전되던 아주 옛날부터 그래 왔기 때문이다. 짧은 문장 안에 시간의 속성을 함축한 옛 격언들이 얼마나 많은가! ("함정을 파는 자는 제가 그 속에 빠진다." "거만엔 재난이 따르고 불손엔 멸망이 따른다.") 스핑크스의 수수께끼, 베를 짜는 페넬로페, 천일야화 같은 유명한 신화와 전설은 모두 시간을 구조로 만들어진 이야기들이다. 또 셰에라자드의 천일야화에서 알 수 있듯, 시간은 소설의 가장 핵심적인 장치인 플롯 자체를 만든다.

시간의 덩어리가 모이면 플롯이 만들어진다. 시간은 그 속에 이야기를 담고 있을 뿐만 아니라 이야기를 전달한다. 시간은 삶의 변화하는 모습을 이야기하고, 그 안에는 시작과 끝이 존재한다. 소설이 있기 전에는 시작과 끝을 연결할 중간이 없었는데, 소설이 나타나며 그 역할을 하게 되었다.

세상에 존재하는 모든 이야기들 가운데 시간의 질서와 영향에서 자유로운 것은 오직 동화뿐이다. "옛날 옛날 아주 먼 옛날에"로 시작해 "오래오래 행복하게 살았답니다"로 끝나는 동화 속 시간은 마치 장난감 같은 존재다. 동화는 오래된 지혜의 산물이 아니라, 오래된 환상이 만들어 낸 이야기다. 시간의 질서가 엄격한 것처럼, 동화 속 세상에도 나름의 엄격한 질서가 존재한다(마법의 숫자, 숫자의 반복, 마법에 걸린 세상 등). 완벽한 동화 속 세상에는 다양한 선택이 존재할 수 없으며, 이야기는 반드시 똑같아야 한다. 동화를 듣는 어린이들이 동화에서 만족감을 얻는 이유는 이야기에 서스펜스가 없기 때문이다. 동화는 소망에 대한 이야기이며, 독자의 소망을 실현해 준다.

하지만 현실의 삶은 소망하는 것이 아니라 살아가는 것이다. 소설은 인간과 인간이 관계를 형성하고, 삶을 살아가고, 난관을 헤쳐 나가고, 자신만의 해답을 찾기 위해 고군분투하는 과정을 그린다. 동화 속 세상은 언제나 한결같다. 하지만 소설에는 인간의 감정으로 인한 인간의 불완전함과 취약함이 존재하고, 그에 따른 성장, 위기, 성취, 쇠퇴가 있다. 삶은 죽음을 향해 움직인다. 소설은 인과관계에 따라 진행되고, 여기에서 서스펜스가 발생한다. 서스펜스는 우리가 존재하기 위한 핵심 요건이므로 소설에도 반드시 필요한 요건이다. 서스펜스는 오로지 인간만이 이해하며, 시간이라는 대리인이자 전달자를 통해 서스펜스를 인식한다.

소설은 시간의 산물이다 — "내 이야기 하나 **시작하리라.**"*
소설은 시간의 모든 속성과 결과를 이야기한다.

소설가는 시간을 다루지 않고서는 어떤 소설도 쓸 수 없다. 소설의 모든 요소는 시간을 벗어날 수 없다. 소설가가 시계를 움직이게 해야만 소설의 이야기가 시작되고 소설 속 등장인물이 생명력을 얻어 움직이기 시작한다. 시간이 시작되어야 등장인물의 상황도 전개된다. 장소는 수동적이지만 시간은 능동적으로 움직인다. 시간은 행동을 불러일으키는 요인이자 변화의 매개체다. 시간이 어그러지면 소설의 모든 것이 망가지고 소설의 의미도 사라진다. 이는 시간과 소설의 의미가 가장 밀접한 연관관계를 갖고 있으며, 시간이 소설의 플롯을 지휘하는 역할을 하기 때문이다.

고로 시간은 소설의 에피소드를 구슬처럼 줄줄이 꿰어놓는 실처럼 단순한 것이 아니다. 물론 시간이 행동과 사건을 연결

* 「햄릿」 제1막 5장에 등장하는 유령의 대사.

하는 매개인 건 맞지만, 그 행동과 사건이 한 방향으로 나아가도록, 어떤 행동과 사건 뒤에 또 다른 행동과 사건이 이어지도록 유도하기 때문이다. 시간은 "그 다음에" 어떻게 되는지뿐만 아니라 "그러나" 또는 "그럼에도 불구하고" 어떻게 되는지 이야기한다. 시간은 항상 "그러므로"와 "따라서"를 설명한다.

그는 왜 지금 이런 행동을 하는 걸까? 과거에는 왜 그런 행동을 했을까? 그로 인해 앞으로 어떤 일이 발생할까? 그의 행동은 앞으로 어떤 순서로 전개될까? 시간은 소설의 등장인물들이 변화 속에서 혼자 또는 타인들과 함께 어떤 행동을 하고 일을 성취하는 배경으로, 등장인물들이 왜 그런 행동을 하는지, 그 행동의 결과가 무엇인지 드러낸다. 시간은 문제를 해결하기도 한다. ("사람은 무엇을 심든지 자기가 심은 것을 그대로 거둔다.")

현실의 시간은 우리의 일상생활을 지배하는 절대적인 힘을 갖고 있기 때문에 우리가 그 힘을 거스르기란 불가능하다(『이상한 나라의 앨리스』의 미친 모자장수의 티 파티를 생각해 보자). 하지만 소설의 시간이 갖는 힘은 조금 다르다. 소설의 시간은 플롯을 보조하는 오른팔이지만, 언제나 플롯이 요구하는 바대로 움직여야 한다. 시간은 오로지 플롯의 방향으로만,

즉 플롯의 전개와 결말이 진행되는 방향으로만 가야 한다.

소설은 시간을 빠르게 또는 느리게 움직이게 하고, 미래를 앞질러 가거나 과거로 돌아가기도 하고, 어떤 순간을 건너뛰거나 똑같은 순간을 반복하기도 한다. 시간이 원을 그리며 돌아서 과거와 현재가 우연히 한곳에서 만나는 경우도 있다. 갑자기 모든 시간이 멈추기도 한다. 풍선을 불면 표면이 팽창하듯 작은 순간이 크게 늘어나기도 하고, 어떤 순간은 실처럼 뚝 끊어지기도 한다. 소설의 시간은 꿈속을 배회하거나, 집착에 꼼짝없이 갇혀 있을 때도 있다. 어떤 소설에는 현재 안에 과거의 파편이 남아 있어 현재와 과거가 동시에 진행되기도 한다. 캐서린 앤 포터의 단편소설 「무덤」을 보면 여주인공이 텍사스 시골에서 보낸 유년시절이 기억 속에 사라졌다 어느 날 불쑥 나타난다. 낯선 나라의 낯선 도시를 걷고 있던 그녀는 과거에 너무 어려서 미처 이해하지 못했던 사건의 심오한 의미를 20년이 지난 후에야 갑자기 깨닫는 것이다. 이 소설에서 시간은 과거에서 미래로 나아갔다가 어느 순간 갑자기 과거로 회귀하는데, 이는 왜곡되지 않은 모습 그대로 남겨진 진실된 과거를 의미한다.

시간은 의미를 찾아가는 과정에서 인간의 마음을 지나간

다. 시간이 마음을 지나가면 인간은 깨달음에 도달한다. 등장 인물의 경험이 무엇이든 간에, 그들의 인식에는 결정적인 변화가 찾아온다. ("나는 내가 적의 무리 사이로 나의 성배를 안전히 모셔 가고 있다고 상상했다."*)

소설은 '등장인물이 지금 상황을 통해 자기 자신과 타인에 대해 어떤 깨달음을 얻는가?'를 탐구한다. 이러한 탐구 과정에는 '등장인물이 제때 깨달음을 얻을까?' 하는 긴박함이 내포되어 있다. 시간은 이야기에 명확하게 압박을 가한다. 모든 소설 속 상황은 어떤 형태로든 삶과 죽음의 문제를 이야기한다. 삶은 시간과 마주했을 때 언제나 생존이 걸려 있는 문제다. 이는 문자 그대로 사느냐 죽느냐의 생존일 수도 있고 아닐수도 있다. 그러나 소설은 언제나 영적인 생존, 윤리적인 생존의 문제를 이야기한다. 영적인 생존과 윤리적인 생존은 단순히 목숨을 보존하느냐 마느냐의 문제가 아니라 무엇이 자신을 위험하게 만드는지, 무엇이 자신을 구원할 수 있는지 깨닫는 것이다. 등장인물이 처한 상황이 위험하면 위험해질수록 이야기의 서스펜스는 증가한다. 서스펜스가 증가할수록 서스

* 제임스 조이스의 「애러비」 중에서.

펜스가 의미하는 가치도 커진다.

그리하여 소설 속의 시간은 맥박처럼 뛰고, 시한폭탄처럼 재깍거리고, 해안에 몰려드는 높은 파도처럼 철썩거리며 흐른다. 시간은 보이지 않게 조금씩 마모되기도 하고, 방아쇠 한 번의 움직임으로 갑자기 끝나기도 한다. 시간이란 또한 주관적인 것이기 때문이다. ("종은 그대를 위해 울린다."*)

시간은 이처럼 소설 속에서 다양한 기능을 갖는데, 이는 사실 소설가들이 필요에 의해 만들어 낸 **효과**이자 환상이다. 시간은 소설의 진행 속도에 맞춰 일정하게, 흔들림 없이 나아간다. 에피소드 형식의 소설은 시간이 한 시점에서 다른 시점으로 건너뛰고, 헨리 그린의 소설은 '게가 옆으로 걸어가듯' 독특한 방식으로 진행된다. 하지만 이는 시간이 진행되는 형식의 문제일 뿐, 모든 시간은 어긋나거나 단절됨 없이 하나로 이어져야 한다. 플롯은 자기 나름의 속도와 박동에 따라 앞으로 나아간다. 플롯의 전개와 플롯이 가진 일련의 의미는 마치 팽팽하게 당긴 악기의 현처럼 명확하고 엉킴이 없어야 한다.

소설에 등장하는 모든 것들, 즉 모든 사건, 감정, 인간관계

---

* 존 던의 「누구를 위하여 종은 울리나」 중에서.

는 시간을 통해, 그리고 그 시간에 의해 변화하고 결말을 향해 다함께 나아가며 각자의 중요성을 보여 준다. 시간은 플롯이 극적으로 전개되기 위한 질서를 제시한다. 이야기에 깨달음이 있으려면 먼저 극적인 구성과 전개가 깔려 있어야 한다.

훌륭한 추리소설을 보면 시간, 플롯, 중요성의 3박자가 긴밀하게 작용함을 알 수 있다. 좋은 추리소설은 전개되는 플롯의 힘, 절제, 대담함이 일종의 메타포를 이룬다. 이는 추리소설뿐만 아니라 장르에 상관없이 좋은 플롯이 마땅히 갖춰야 할 속성이다. 물론 이 메타포는 살아 있는 메타포여야 한다. 단순한 플롯부터 복잡한 플롯까지 모든 플롯은 인간의 진실을 탐구하기 위한 몸부림과 유기적으로 연결된 장치다. 플롯은 시간에 민감하게 시작되고, 이후에는 시간 안에서 진행된다. 우리는 플롯의 시간 속에서 플롯을 보고 플롯을 따라간다.

◇ ◇ ◇

우리 독자들은 소설이 시간을 자유자재로 갖고 놀 수 있다고 생각한다. 소설의 시간과 현실의 시간에는 엄연한 차이가 존재하지 않는가? 소설의 시간과 인간의 심리적인 시간에는 상당한 유사성이 있는데, 이는 소설가들이 일부러 의도한 바이다. 소설은 연대기적(chronological) 시간을 초월해 우리가 생각하고 느끼는 방식에 따라 움직이는 내면적인 시간을 묘사한다. 그래서 "의식의 흐름" 기법을 사용한 소설이 처음 등장했을 때, 작가들에게는 새로운 문예사조를 개척하는 어려운 도전이었지만 독자들의 입장에서는 이야기를 이해하는 것이 상대적으로 어렵지 않았던 것이다.

우리는 현실의 시간보다 소설의 시간을 더 친숙하게 느끼기도 한다. 이는 우리가 인간이기 때문이다. 우리는 언제나 시간을 인지하며 살아간다. 시계가 있든 없든, 우리는 시간이 흐른다는 것을 자각하고 있다. 이러한 자각은 우리의 본질에 깊이 내재된 것이라, 사람마다 각자 다른 지문을 갖고 있듯 시간을 인식하는 법도 천차만별이다. 더 늦기 전에 뭔가를 하고, 이해하고, 사랑해야 한다는 조급함이 드는 것은 우리가 시간의 덧없음을 알기 때문이다.

우리는 유한한 존재다. 이는 소설뿐만 아니라 현실에서 시간이 상징하는 가장 큰 의미다. 소설은 유한함의 관점에서 과거와 현재를 보여 준다. 소설은 영원불멸의 기억을 묘사하는 예술이자, 유한한 존재에 대한 예리한 인식과 선견지명으로 힘을 얻는 예술이다. 어려움을 견디고 어려움을 견디려는 것이 유한한 존재일 때 우리는 묵직한 감동을 느낀다. 하나의 시간은 반드시 또 다른 시간으로 이어진다. 따라서 소설은 현재 이 순간에만 살아 숨 쉬는 유한한 대상을 **지금** 이 순간 살아 있는 것으로 표현하지만, 이는 사실 끊임없이 발생하고 앞으로도 발생할 것이다.

소설의 유일한 관심사는 시간이 유한한 존재, 즉 인간에게 미치는 영향이다. 소설을 보면 인물의 행동, 소설 속 장면과 비유를 통해 시간의 영향이 생생하게 묘사되고 있지 않은가! 소설의 예술은 시간의 이미지를 불멸의 것으로 만든다. 찰스 디킨스의 『위대한 유산』에는 거미줄이 붙은 그대로 내버려 둔 미스 해비샴의 결혼식 테이블, 버지니아 울프의 『등대로』에는 "장미 꽃잎을 어루만지는" "어떤 바람"이 묘사된다. 안톤 체호프의 「구세프」에는 병원선에서 장례가 치러진 뒤, 구세프의 시신이 바닷속으로 들어가는 장면이 그려진다. 시신은 바다 수면 아래로 사라지고, 조류에 규칙적으로 흔들리며 깊이 내려가다 마침내 상어를 만난다. "구세프의 몸을 갖고 놀던 상어는 마지못한 양 벌린 아래턱으로 구세프의 몸을 받치고는 이빨로 조심스레 건드려 본다. 시신을 감싼 범포가 머리에서 다리까지 몸 전체 길이로 찢어진다." 구세프가 바다 아래 가라앉는 장면을 묘사하며 체호프는 "정말 누구에게나 이런 일이 일어날 수 있단 말인가?"라고 묻는다. 독자들은 이 오싹한 장면을 통해 이야기의 질문에 답을 찾는 한편, 어떤 행위가 발생하는 장면과 시간이 흘러가는 모습을 함께 목격한다. 우리는 시간 속에 흘러가는 이야기의 답을 찾는다. 이런 순간, 이런 범포의 **찢어짐**은 누구에게나 일어날 수 있다는 답을 말이다.

이야기에 더 많은 의미가 부여되고 이야기 진행에 탄력이 붙으면 소설의 시간에도 변화가 발생한다. 간혹 상상을 초월할 만큼 대단한 변화가 발생하기도 한다.

나는 최근 한 학생에게 『소리와 분노』를 연대기적으로 분석한 책을 빌린 적이 있었다. 책은 등장인물의 출생과 죽음을 포함한 등장과 퇴장을 표로 정리하고, 이것이 소설의 주요 사건들과 어떤 연관관계가 있는지 설명하고 있었다. 하지만 책을 쓴 저자는 연대기 분석에도 불구하고 『소리와 분노』를 여전히 소설로만 접근해야 한다는 사실에 좌절한 듯했다. 물론 『소리와 분노』의 핵심이 시간이라는 그의 생각이 틀린 것은 아니었다. 문제는 그것이 '시간'이지 '연대기적 시간'이 아니었을 뿐이다.

시계만 놓고 생각해 보자. 콤슨가 대대로 내려오는 딜지의 시계, 시곗바늘이 하나밖에 없는 바로 그 시계를 생각해 보자. "시계가 엄숙하고 심오하게 똑딱거렸다. 그것은 퇴락하는 집의 메마른 고동소리였는지도 모른다. 잠시 후 윙 하는 소리가 나더니 시계가 목청을 가다듬고 종을 쳤다." 종은 다섯 번 울린다. "여덟 시네." 딜지가 말한다. 시계가 종을 울리는 동안에도, 이야기는 연대기적 시간 대신 또 다른 종류의 시간에 의해 지배된다.

이야기는 콤슨가 세 명의 인물의 1인칭 시점과 3인칭 전지적 작가 시점까지 네 개의 시점을 넘나들며 전개되고, 이를 통해 세 인물이 저마다 다르게 기억하는 과거의 세계를 보여 준다. 러스터는 벤지에 대해 이렇게 말한다. "서른세 살이야. 오늘 아침으로 서른셋이지." 그러자 캐디가 대답한다. "삼십 년 동안 세 살이라는 거겠지." 벤지의 기억은 자발적인 기억이 아니며, 기억들 사이에 어떤 순서나 연관성도 존재하지 않는다. 그것은 울타리를 따라 막대기를 질질 끌고 온 흔적과도 같다. 하지만 어떤 성질의 시간이었든 시간은 흔적을 남기며 지나가고, 벤지는 "질질 끄는 절망적인" 울음소리를 남긴다.

"그것은 아무것도 아니었다. 그냥 소리였다. 언제나 아무것도 아니다가 행성들이 합을 이룰 때 부당함과 슬픔이 잠시 내는 소리였는지도 모른다."

퀜틴에게 시간은 (그의 그림자를 통해) 눈에 보이고 (할아버지의 유물인 시계를 통해) 소리로 들리는 존재다. 시간은 그의 내면을 무겁게 짓누르는 기억이다. 그의 의식 속에 생생히 살아 있는 기억은 그를 고통 속으로 몰아넣고, 그가 죽는 마지막 날까지 그가 무엇을 하든, 어디에 가든 그를 끈질기게 괴롭힌다. 퀜틴이 과거 ─ 그의 세상 ─ 에 완전히 함몰되어 버리는 그 순간 **모든** 시간은 결정되어 버린다. 미래는 과거가 연장된 것일 수 있고(이것이 가능하다면), 미래에도 과거의 기억이 존재할 수 있다(이것을 견딜 수 있다면). 하지만 시간은 캐디의 처녀성만큼이나 깨지기 쉬운 온전했던 것을 또 다시 파괴할 것이다. 기억을 떠올리는 일이 매 순간 비극이라면, 그 기억을 지닌 사람은 어떻게 살아가야 할까? 퀜틴은 한 평생, 그가 죽음을 택하는 마지막 날까지 자기 자신은 이미 죽었다고 생각하며 살아간다. 그는 과거에 현재를 억누를 수 있는 특징과 힘을 부여해 현재가 진행되는 것을 막으려 한다.

그렇다면 시간이 뒤죽박죽 섞인 이 소설에서 실제 시간을 알고 있고, 그 시간에 따라 이야기를 전할 수 있는 인물은 누구인가? 물론 제이슨이다. 돈 계산에 있어 1페니도 놓치지 않는 제이슨은 1초의 시간도 놓치지 않는다. 그에게 시간은 곧 돈이다. 그는 시간과 돈을 갖고 놀다가 나중에는 역으로 시간과 돈에 이용당한다. 소설 마지막 부분에서 제이슨은 이렇게 묘사된다. "작은 차 운전석에 조용히 앉아 있는 남자가 있었다. 비록 눈에는 보이지 않았지만 그의 인생은 낡은 양말의 올이 풀리듯 엉클어지고 있었다."

모든 증거를 통해 판단해 보건대, 우리가 『소리와 분노』를 가장 근접하게 이해할 수 있는 것은 처음부터 끝까지 시간에 대해서만 이야기하는 이 소설의 서술 기법 덕분이다. 즉 우리는 소설의 기이한 시간 서술방식에도 불구하고 이 소설을 이해하는 것이 아니라, 그 서술방식 덕분에 소설을 이해할 수 있는 것이다. 어떤 소설에서 연대기적 시간이 와해되었다는 것은 그 소설에 등장하는 인물을 압도하는 엄청난 무언가가 있음을 인정하고 그것을 설명하기 위한 장치가 필요함을 의미한다.

이처럼 포크너가 기억과 과거를 조명하기 위해 연대기적 시간의 흐름을 무시했다는 것은 그의 여러 소설을 통해 익히 잘 알려진 사실이다. 그는 『팔월의 빛』에서 "기억은 앎이 기억을 형성하기 전부터 새겨지는 것이다"라고 이야기했다. 기억하기(remembering)가 생존본능에 가까운 강력함과 예술적인 힘을 지니는 것은 그것이 삶을 유지하기 위한 기본적이고 필수적인 요소이기 때문이다. 기억하기는 피를 통해 전달되고, 유산처럼 내려오며, 한 인간이 태어나기도 전에 있었던 일을 마치 그가 직접 경험한 것처럼 생생하게 전한다. 기억은 살아 있는 육체를 통해 흡수되는 물리적인 과정이자 정신적 유산이며, 한 사람의 일생이 걸린 일이다.

"과거는 존재하지 않습니다." 포크너는 왜 만연체의 문장을 사용하는지 질문한 한 학생에게 이렇게 대답했다. "모든 사람은 현재 보이는 모습이 아닌, 그의 과거가 합쳐진 결과입니다. 사실 과거란 존재하지 않습니다. 과거는 지금 이 순간 존재하기 때문이죠. 이 세상 모든 사람들과 모든 순간에는 과거가 존재합니다. 한 사람의 출신과 성장배경은 언제나 그 사람의 일부에 자리 잡고 있어요. 그러므로 소설 속 등장인물 역시 어떤 행동을 취하는 순간의 모습만으로 이해할 것이 아니라 과거의 결과물로 이해해야 합니다. 제가 만연체의 문장을 쓰는 것은 인물이 어떤 행동을 하는 순간 그의 과거와 미래를 가능한 한 함께 이야기하기 위함입니다."

  시간의 왜곡은 모든 소설의 구상에 매우 의식적인 부분이자 소설의 극적 진행에 유기적으로 작용하는 요소다. 소설이 전개되는 동안 시간의 왜곡은 끊임없이, 점점 더 중요해지고, 작가가 시간의 왜곡을 통해 의도한 그대로의 중요성을 갖는다. 시간의 팽창, 정지, 지속적인 반복과 확산 등『소리와 분노』에 나타나는 특이한 시간 서술 기법은 점진적으로 발전하는 의미에 대한 해답을 제시한다. 포크너가 이 소설에서 연대기적 시간을 완전히 와해한 것은 이야기의 극적인 힘을 증폭하기 위한 선택이다. 시간의 왜곡은 소설에 극도로 심오한 의미를 부여하고, 그 어떤 방법으로도 야기될 수 없는 강력한 감정을 이야기에 불어넣는다. 곧 시간은『소리와 분노』의 살아 있는 본질이다. 시간은 포크너의 독특한 서술 기법 덕분에 플롯과 긴밀하게 연결되어 마치 시간이 플롯 자체인 것처럼 보인다. 시간은 플롯에 앞서는 전조이자 플롯의 뒤에 남는 반향이다. 시간은 독자를 긴 나선형 계단으로 한 발짝씩 이끌어 소설의 의미를 향해 ― 의미의 내부로 ― 안내한다. 그리고 시간은 그 의미를 뚫고 들어간다. 시간은 얽히고설킨 곤경을 헤치고 들어가 어떤 비극의 결과가 나타나는지 보여 준다.

포크너는 시간이 인간의 영속과 영속성이라고 보았으며, 이 같은 시간의 본질을 작품의 핵심 주제로 다루었다. 포크너가 이야기하는 시간은 가장 심오하고 가장 절대적이라는 면에서 **인간**의 시간이다. (콤슨가 사람들의 삶은 시간이 지남에 따라 **퇴보**한다. 반면 시간 속에서 뭔가를 얻으려 하고, "그게 나랑 무슨 상관이지?"라고 묻는 스놉스가 사람들의 삶은 **진전**한다.) 포크너의 작품에 빈번하게 반복되는 "그들은 인내했다." 또는 "인간은 이겨 낼 것이다"와 같은 확신을 보면 인간의 시간에 대한 포크너의 열렬한 시각이 얼마나 보편적이고 확고한 결론인지 알 수 있다. 이러한 포크너의 확신은 그의 소설과 이야기의 모든 플롯에 깊숙하게 파고들어 있다.

어떤 소설은 시간 자체를 주제로 다루기도 한다. 토마스 만은 시간에 대한 인간의 지식이 주관적임을 비판했고, 마르셀 프루스트는 기억을 통해 삶을 예술로 바라봄으로써 시간이 가져가 버린 것을 되돌리는 법을 발견했다. 만과 프루스트의 위대한 작품은 그 자체가 하나의 거대한 시계와도 같아서, 문학의 위대한 시간이 당도했음을 괘종 소리로 알려 준다. 그러나 꼭 이런 작품들이 아니더라도, 거의 모든 문학 작품에는 작가가 글을 쓰면서 경험한 개인적이고 주관적인 시간이 반영되어 있지 않은가?

작가의 개인적이고 주관적인 시간은 작품에 드러나는 작가의 박자, 조화, 어조, 그리고 작품 전체에서 부분이 이루는 대칭과 비율을 보면 알 수 있다. 산문의 리듬을 보면 작가의 가장 진실하고 자연스러운 감정이 드러난다. 작가의 고유한 이야기의 흐름을 보면 작가 스스로가 그 이야기를 믿는지 또는 믿지 않는지도 알 수 있다(이는 작가가 의도하지 않아도 드러난다). 하지만 나는 이러한 작가의 표현 방식 외에도 더 많은 것이 있다고 생각한다.

포크너는 『소리와 분노』를 그가 가장 사랑하는 작품이자 가장 불완전한 작품이라 일컬으며, 이 소설을 집필하는 과정에서 겪었던 어려움에 대해 토로한 바 있었다. 그는 소설의 이야기를 4부로 구성한 것을 두고 4번의 시도와 4번의 실패라고 말했다. 정도는 조금씩 다르지만, 다른 소설들을 보면 포크너가 이야기한 이런 어려움이 어떤 것인지 짐작할 수 있다. 소설의 길이는 작가가 자신의 앞에 놓인 과업을 이해하고 그것을 글로 표현하는 데 소요된 시간의 일부이다. 다시 말해 시간은 글쓰기의 한 부분이다. 집필이 끝난 소설의 길이가 그 소설을 쓰는 데 소요된 시간과 완벽하게 일치하는 것은 아니지만,

이 두 가지는 대응한다고 볼 수 있다. 어떤 면에서 보면 소설의 길이란 작가가 소설에 필요한 감정적 자원을 탐색하는 데 들인 시간과, 그 감정의 범위를 이해하고, 요구사항을 충족하고, 가장 적합한 절차를 찾기 위해 쓰인 시간과 정확하게 맞아떨어진다.

『소리와 분노』는 한계에 도전하고 그 도전을 멈추지 않는 거대한 노력의 산물이며, 우리가 이 소설을 완벽한 작품이라 인정하는 것은 오히려 그것의 불완전함 때문이다. 불완전함은 인간의 몫이자, 까다로운 암석을 조각하는 조각가의 끌이 남긴 영광의 흔적 같은 것이다. 이러한 인간의 몫은 시간의 또 다른 속성이다.

1973년

참고문헌

국내 번역 작품

디킨스, 찰스. 『위대한 유산』, 이인규 옮김, 민음사, 2009.

로렌스, D. H. 「여우」, 『처녀와 집시』, 김영무 옮김, 창비, 1997.

맨스필드, 캐서린. 「미스 브릴」, 『가든 파티』, 홍한별 옮김, 강, 2010.

울프, 버지니아. 『등대로』, 이미애 옮김, 민음사, 2014.

체호프, 안톤. 「구세프」, 『사랑에 관하여』, 안지영 옮김, 펭귄클래식코리아, 2010.

_____, 『귀여운 여인』, 장한 옮김, 더클래식, 2014.

초서, 제프리. 『캔터베리 이야기』, 송병선 옮김, 현대지성, 2017.

콜리지, 새뮤얼 테일러. 『노수부의 노래』, 이정호 옮김, 창조문예사, 2008.

포스터, E. M. 『소설의 이해』, 이성호 옮김, 문예출판사, 1990.

_____, 『인도로 가는 길』, 민승남 옮김, 열린책들, 2006.

포크너, 윌리엄. 『팔월의 빛』, 이윤성 옮김, 책세상, 2009.

_____, 『곰』, 민은영 옮김, 문학동네, 2013.

_____, 『소리와 분노』, 공진호 옮김, 문학동네. 2013.

플로베르, 귀스타브. 『보바리 부인』, 김중현 옮김, 더클래식, 2015.

헤밍웨이, 어니스트. 「인디언 캠프」, 『우리들의 시대에』, 김성곤 옮김, 시공사, 2012.

국내 미번역 작품

Chekhov, Anton Pavlovich. "Easter Eve", *Selected Stories of Anton Chekhov*, Digireads.com Publishing, 2015.

Crane, Stephen. "The Bride Comes to Yellow Sky", *The Complete Short Stories & Sketches of Stephen Crane*, HarperCollins Canada, 2014.

Faulkner, William. "Spotted Horses", *Uncollected Stories of William Faulkner*, Vintage Books, 1997.

Porter, Katherine Anne. "The Grave", *The Collected Stories of Katherine Anne Porter*, Harcourt Brace, 2001.

Welty, Eudora. "No Place for You, My Love"; "A Worn Path", *The Collected Stories of Eudora Welty*, Paw Prints, 2008.

유도라 웰티의 소설작법

지은이 유도라 웰티 | 옮긴이 신지현 | 발행인 유재건 | 편집인 임유진 | 펴낸곳 엑스북스

등록번호 105-91-96264호 | 주소 서울시 마포구 와우산로 180 (4층 402호)

대표전화 02-334-1412 | 팩스 02-334-1413

초판 1쇄 발행 2018년 9월 20일

엑스북스(xbooks)는 (주)그린비출판사의 책읽기·글쓰기 전문 임프린트입니다. 이 도서의 국립중앙도서관 출판예정도서목록(CIP)은 서지정보유통지원시스템 홈페이지(http://seoji. nl.go.kr)와 국가자료공동목록시스템(http://www.nl.go.kr/kolisnet)에서 이용하실 수 있습니다. (CIP제어번호: CIP2018029213)

ISBN 979-11-86846-38-4 03800